书·美好生活
Book & Life

书,当然要每日读。

我这有限的一生

周作人——著

北京时代华文书局

目录

总序　周作人的"日常"／董炳月　001
本书代序　寻路的人　007

那自由宽懈的日子

三味书屋　002
初恋　006
娱园　008
怀旧　011
怀旧之二　014
学校生活的一叶　017
五年间的回顾　020
故乡的回顾　023
道路的记忆一　027
道路的记忆二　032
东昌坊故事　037
苏州的回忆　041

闲适是外表，真正的是苦味

山中杂信	048
济南道中	061
济南道中之二	064
济南道中之三	068
北平的好坏	071
游日本杂感	076
怀东京	085
东京的书店	095
东京散策记	101
留学的回忆	108

寂寞之上没有更上的寂寞

《自己的园地》旧序	114
自己的园地	117
谈天	120
唁辞	122
十字街头的塔	125
关于命运	128
伟大的捕风	133
两个鬼的文章	136

真实是个多余的人

闭户读书论	144
灯下读书论	147
夜读的境界	153
一年的长进	155
我学国文的经验	157
自己的文章	162
我的杂学	166

编后记	205

总 序

周作人的"日常"

董炳月

中国社会科学院文学研究所研究员、博导
中国鲁迅研究会常务副会长、秘书长

周作人1967年5月6日离开人世,距今已经半个多世纪。他在八十岁那年的日记中表明心迹,说"人死声消迹灭最是理想",但他这理想未能实现。他留下了大量著作与译作,留下了许多照片。他"活"在文学史上,"活"在当今的文化生活中。不言而喻,现在是"活"在这套丛书中。

周作人的神情,可谓超然、冷静。他中年之后的每一张照片,几乎都在展示那种出家人式的超然、冷静。周作人认为自己是和尚转世,在《五十自寿诗》中称"前世出家今在家"。光头,形象也接近出家人。相由心生,文如其人。周作人的超然、冷静,是可以用其作品来印证的。代表性的作品,就是那些说古道今、回忆往事的散文,谈茶、谈酒、谈点心、谈野菜、谈风雨的散文。也就是本丛书中《我这有限的一生》《都是可怜的人间》《日常生活颂歌》

这三本散文集收录的作品。本质上，周作人的超然与冷静，与其散文的日常性密切相关。这种日常性，亦可称为"世俗性"或"庶民性"。在周作人这里，"日常"是一种价值，一种态度，也是一种书写方式。因此他追求"生活的艺术"，主张"平民文学"，获得了"自己的园地"。

年轻时代的周作人，也曾是忧国忧民、放眼世界的热血青年。五四时期，他投身新文化建设，倡导新村运动，参与发起了文学研究会。周作人获得超然、冷静的日常性，是在中年之后。确切地说是在1920年代中后期。他在1923年7月18日写给鲁迅的绝交信中说："大家都是可怜的人间。我以前的蔷薇的梦原来都是虚幻，现在所见的或者才是真的人生。我想订正我的思想，重新入新的生活。"人生观开始改变。1925年元旦写短文《元旦试笔》，声称"我的思想到今年又回到民族主义上来了。""五四时代我正梦想着世界主义，讲过许多迂远的话，去年春间收小范围，修改为亚洲主义。及清室废号迁宫以后，遗老遗少以及日英帝国的浪人兴风作浪，诡计阴谋至今未已，我于是又悟出自己之迂腐，觉得民国根基还未稳固，现在须得实事求是，从民族主义做起才好。"思想起伏颇大。1926年经历了"三一八惨案"的冲击，1928、1929年间写《闭户读书论》《哑吧礼赞》《麻醉礼赞》等文，于是进入"苦雨斋"，喝"苦茶"并且"苦住"，最终在世俗生活中建立起"日常"的价值观。不幸的是，1939年元旦遭枪击，在内外交困之中出任伪职。所幸，日本战败，晚年周作人在社会的边缘向日常性回归。《老虎桥杂诗》中的作品，就体现了这种回归。

上文所引"大家都是可怜的人间"一语中的"人间"是个日语汉字词，意思是"人"。鲁迅的《人之历史》一文，1907年12月在东京《河南》月刊上发表时，题目本是《人间之历史》。1926年鲁迅将其编入《坟》的时候，改文题中的"人间"为"人"。精通日语者，中文写作难免打上日语印记。不过，周作人这里使用的"人间"一词，大概也表达了一种超越个人的"人间情怀"。他1926年6月7日写的杂文《文人之娼妓观》，就引用了陀思妥耶夫斯基《罪与罚》中大学生拉斯科尔尼科夫的那句"我是跪在人类的一切苦难之前"，并说"这样伟大的精神总是值得佩服的"。词汇的微妙体现了思想的微妙。

在周作人这里，"日常"与"非日常"保持着或隐或显的对应关系。

周作人深受日本文化的影响，而日本文化的日常性、世俗性、庶民性正是他钟情的。他赞美日本人简单朴素的生活方式，喜爱日本浮世绘，翻译了日本名著《浮世澡堂》《浮世理发馆》。本丛书中清少纳言的《枕草子》与石川啄木的《从前的我也很可爱啊》，同样包含着这种日常性。

关于清少纳言与其《枕草子》，周作人在其中文译本的后记中做了说明。他将《枕草子》的内容分为三类——类聚、日记、感想，从其分类可见，"散文"之于《枕草子》，是体裁也是精神。早在1923年，周作人在《歌咏儿童的文学》一文中言及《枕草子》，即称赞其"叙述较详，又多记宫廷琐事，而且在机警之中仍留存着女性的优婉纤细的情趣，所以独具一种特色"。日常性，本是清少纳言观察生活的主要视角。她在《枕草子》中写道："那些高贵的人的日常生活，是怎么样的呢？很是想知道，这岂不是莫名其妙的空想么？"（卷十二）推敲《枕草子》的书名，亦可推敲出散文式的自由与散漫。在日语中，"草子"本是"册子"（或"草纸"）的谐音词，"枕草子"中的"草子"即"册子"之意。但是，为何是写作"枕草子"而不是写作"枕册子"？在我看来，写作"枕草子"的结果，是书名与日语固有词"草枕"（くさまくら）发生了关联。"草枕"一词体现了日本传统游记文学的自由精神。束草为枕，乃旅寝、暂眠之意。夏目漱石亦有小说名作《草枕》（1906年）。

石川啄木（1886—1912）二十六岁病故，与其说是英年早逝不如说是夭折。五四后期他就受到周作人的关注。周作人编译的现代日本小说集《两条血痕》（开明书店1927年出版），收录了石川啄木的同题小说《两条血痕》。周作人在这篇小说后面的译者附记

（写于1922年8月1日）中介绍石川啄木的生平与创作，说《两条血痕》"是一种幼时的回忆，混合'诗与真实'而成，很有感人的力量。他的诗歌，尤为著名，曾译其诗五首登《新青年》九卷四号，又短歌二十一首，载在《努力》及《诗》第五号上"。至1959年翻译《可以吃的诗》，周作人翻译石川啄木作品的时间长达近四十年。他喜爱石川啄木的作品，不仅是因为石川作品混合了"诗与真实"，也不仅是因为他与石川同样悲观于生命的偶然与短暂，而且与石川作品的日常性、日本性有关——结合石川的诗歌来看尤其如此。《一握砂》《可悲的玩具》两本诗集中，多有描写日常生活的诗。"扔在故乡的/路边的石头啊，/今年也被野草埋了吧。""茫然的/注视着书里的插画，/把烟草的烟喷上去看。"等等。有的诗吟咏的日常生活过于琐细，因此如果不反复阅读就无法品味其中近于禅味的诗意。这两本诗集收录的都是三行一首的短诗。这种"三行诗"的形式并非偶然形成，而是石川啄木受到其好友、歌人土岐善麿（1885—1980）罗马字诗集*NAKIWARAI*（可译为《泣笑》）的三行诗启发，刻意追求的。在周作人看来，短小的形式最适合表现日本诗歌的美的特质。他在《日本的诗歌》（约作于1919年）一文中说："短诗形的兴盛，在日本文学上，是极有意义的事。日本语很是质朴和谐，做成诗歌，每每优美有余，刚健不足；篇幅长了，便不免有单调的地方，所以自然以短为贵。"

清少纳言与石川啄木，能够在日常生活中品出味道、发现美，是因为他们有一颗"日常"的心，并且身处日本的精细文化之中。在《枕草子》中，清少纳言描写日常生活情景之后，经常重复那句"这是有意思的"，可见其品味生活的自觉性。石川啄木，甚至能够把自己丰富的情感投射到海岛沙滩上的一把沙子（"一握砂"）中。这两位日本作家生活的时代相差近千年，而他们同样为周作人所喜爱。周作人翻译他们的作品，是发现、认同他们的同一性，也是发现自我。

这五本书中，三本是创作，两本是翻译，但保持着精神与美学的一致性。由此能够读懂周作人，读懂他与日本文化的共鸣，读懂现代中国文化史的重要侧面。更重要的是，我们通过这种阅读，能够感受到丰富的日常性，深化对日常性的理解。对于我等往来于世俗生活之中的芸芸众生来说，"日常"是一种常态，是生命本身，因而是尊贵的。

2018年12月31日序于寒蝉书房

本书代序　寻路的人

赠徐玉诺君

我是寻路的人。我日日走着路寻路,终于还未知道这路的方向。

现在才知道了:在悲哀中挣扎着正是自然之路,这是与一切生物共同的路,不过我们意识着罢了。

路的终点是死,我们便挣扎着往那里去,也便是到那里以前不得不挣扎着。

我曾在西四牌楼看见一辆汽车载了一个强盗往天桥去处决,我心里想,这太残酷了,为什么不照例用敞车送的呢?为什么不使他缓缓的看沿路的景色,听人家的谈论,走过应走的路程,再到应到的地点,却一阵风的把他送走了呢?这真是太残酷了。

我们谁不坐在敞车上走着呢?有的以为是往天国去,正在歌笑;有的以为是下地狱去,正在悲哭;有的醉了，睡了。我们——只想缓缓的走着，看沿路的景色，听人家谈论，尽量的享受这些应得的苦和乐；至于路线如何，或是由西四牌楼往南，或是由东单牌楼往北，那有什么关系？

玉诺是于悲哀深有阅历的，这一回他的村寨被土匪攻破，只有他的父亲在外边，此外的人都还没有消息。他说，他现在没有泪了。——你也已经寻到了你的路了罢。

他的似乎微笑的脸，最令我记忆，这真是永远的旅人的颜色。我们应当是最大的乐天家，因为再没有什么悲观和失望了。

那自由宽懈的日子

三味书屋

旧日书房有各种不同的式样,现今想约略加以说明。这可以分作家塾和私塾,其设在公共地方,如寺庙祠堂,所谓"庙头馆"者,不算在里边。上文所述的书房,即是家塾之一种,——我说一种,因为这只是具体而微,设在主人家里,请先生来走教,不供膳宿,而这先生又是特别的麻胡,所以是那么情形。李越缦有一篇《城西老屋赋》,写家塾情状的有一段很好,其词曰:

> 维西之偏,实为书屋。榜曰水香,逸民所目。窗低迫檐,地窄疑舻。庭广倍之,半割池渌。隔以小桥,杂莳花竹。高柳一株,倚池而覆。予之童又骏,踞觚而读。先生言归,兄弟相速。探巢上树,捕鱼入洑。拾砖拟山,激流为瀑。编木叶以作舟,揉筱枝而当轴。寻蟋蟀而剧墙,捉流萤以照牍。候邻灶之饭香,共抱书而出塾。

这里先生也是走教的,若是住宿在塾里,那么学生就得受点苦,因为是要读夜书的。洪北江有《外家纪闻》中有一则云:

> 外家课子弟极严,自五经四子书及制举业外,不令旁及,自成童入塾后晓夕有程,寒暑不辍,夏月别置大瓮五六,令读书者足贯其中,以避蚊蚋。

鲁迅在第一次试作的文言小说《怀旧》中描写恶劣的塾师"秃先生",也假设是这样的一种家塾,因为有一节说道:

> 初亦尝扳王翁膝,令道山家故事,而秃先生必继至,作厉声曰,孺子勿恶作剧,食事既耶,盍归就尔夜课矣!稍忤,次日即以界尺击吾首,曰,汝作剧何恶,读书何笨哉!我秃先生盖以书斋为报仇地者,遂渐弗去。

第二种是私塾,设在先生家里,招集学生前往走读,三味书屋便是这一类的书房。这是坐东朝西的三间侧屋,因为西边的墙特别的高,所以并不见得西晒,夏天也还过得去。《从百草园到三味书屋》里说明道:

> 出门向东,不上半里,走过一道石桥,便是我的先生的家了。从一扇黑油的竹门进去,第三间是书房。中间挂着一块匾道:三味书屋。匾下面是一幅画,画着一只很肥大的梅花鹿伏在古树下。没有孔子牌位,我们便对着那匾和鹿行礼。第一次算是拜孔子,第二次算是拜先生。

> 三味书屋后面也有一个园,虽然小,但在那里也可以爬上花坛去折蜡梅花,在地上或桂花树上寻蝉蜕。最好的工作是捉了苍蝇喂蚂蚁,静悄悄的没有声音。然而同窗们到园里的太多,太久,可就不行了,先生在书房里便大叫起来:

"人都到哪里去了!"

人们便一个一个陆续走回去,一同回去也不行的。他有一条戒尺,但是不常用,也有罚跪的规则,但也不常用,普通总不过瞪几眼,大声道:

"读书!"

从这里所说的看来,这书房是严整与宽和相结合,是够得上说文明的私塾吧。但是一般的看来,这样的书房是极其难得的,平常所谓私塾总还是坏的居多,塾师没有学问还在其次,对待学生尤为严刻,仿佛把小孩子当作偷儿看待似的。譬如用戒尺打手心,这也罢了,有的塾师便要把手掌拗弯来,放在桌子角上,着实的打,有如捕快拷打小偷的样子。在我们往三味书屋的途中,相隔才五六家的模样,有一家王广思堂,这里边的私塾便是以苛刻著名的。塾师当然是姓王,因为形状特别,以绰号"矮癞胡"出名,真的名字反而不传了,他打学生便是那么打的,他又没收学生带去的烧饼糕干等点心,归他自己享用。他设有什么"撒尿签"的制度,学生有要小便的,须得领他这样的签,才可以出去。这种情形大约在私塾中间,也是极普通的,但是我们在三味书屋的学生得知了,却很是骇异,因为这里是完全自由,大小便时径自往园里走去,不必要告诉先生的。有一天中午放学,我们便由鲁迅和章翔耀的率领下,前去惩罚这不合理的私塾。我们到得那里,师生放学都已经散了,大家便攫取笔筒里插着的"撒尿签"撅折,将朱墨砚覆在地下,笔墨乱撒一地,以示惩罚,矮癞胡虽然未必改变作风,但在我们却觉得这股气已经出了。

下面这件事与私塾不相干，但也是在三味书屋时发生的事，所以连带说及。听见有人报告，小学生走过绸缎衖的贺家门口，被武秀才所骂或者打了，这学生大概也不是三味书屋的，大家一听到武秀才，便不管三七二十一的觉得讨厌，他的欺侮人是一定不会错的，决定要打倒他才快意。这回计划当然更大而且周密了，约定某一天分作几批在绸缎衖集合，这些人好像是《水浒》的好汉似的，分散着在武秀才门前守候，却总不见他出来，可能他偶尔不在，也可能他事先得到消息，怕同小孩们起冲突，但在这边认为他不敢出头，算是屈服了，由首领下令解散，各自回家。这些虽是琐屑的事情，但即此以观，也就可以想见三味书屋的自由的空气了。

初恋

那时我十四岁,她大约是十三岁罢。我跟着祖父的妾宋姨太太寄寓在杭州的花牌楼,间壁住着一家姚姓,她便是那家的女儿。她本姓杨,住在清波门头,大约因为行三,人家都称她作三姑娘。姚家老夫妇没有子女,便认她做干女儿,一个月里有二十多天住在他们家里,宋姨太太和远邻的羊肉店石家的媳妇虽然很说得来,与姚宅的老妇却感情很坏,彼此都不交口,但是三姑娘并不管这些事,仍旧推进门来游嬉。她大抵先到楼上去,同宋姨太太搭赸一回,随后走下楼来,站在我同仆人阮升公用的一张板棹旁边,抱着名叫"三花"的一只大猫,看我映写陆润庠的木刻的字帖。

我不曾和她谈过一句话,也不曾仔细的看过她的面貌与姿态。大约我在那时已经很是近视,但是还有一层缘故,虽然非意识的对于她很是感到亲近,一面却似乎为她的光辉所掩,开不起眼来去端详她了。在此刻回想起来,仿佛是一个尖面庞,乌眼睛,瘦小身材,而且有尖小的脚的少女,并没有什么殊胜的地方,但在我的性的生活里总是第一个人，使我于自己以外感到对于别人的爱着，引起我没有明了的性的概念的，对于异性的恋慕的第一个人了。

我在那时候当然是"丑小鸭"，自己也是知道的，但是终不以此而减灭我的热情。每逢她抱着猫来看我写字，我便不自觉的振作起来，用了平常所无的努力去映写，感着一种无所希求的迷朦的喜乐。并不问她是否爱我，或者也还不知道自己是爱着她，总之对于她的存在感到亲近喜悦，并且愿为她有所尽力，这是当时实在的心情，也是她所给我的赐物了。在她是怎样不能知道，自己的情绪大约只是淡淡的一种恋慕，始终没有想到男女关系的问题。有一天晚上，宋姨太太忽然又发表对于姚姓的憎恨，末了说道：

"阿三那小东西，也不是好货，将来总要流落到拱辰桥去做婊子的。"

我不很明白做婊子这些是什么事情，但当时听了心里想道：

"她如果真是流落做了，我必定去救她出来。"

大半年的光阴这样的消费过了。到了七八月里因为母亲生病，我便离开杭州回家去了。一个月以后，阮升告假回去，顺便到我家里，说起花牌楼的事情，说道：

"杨家的三姑娘患霍乱死了。"

我那时也很觉得不快，想象她的悲惨的死相，但同时却又似乎很是安静，仿佛心里有一块大石头已经放下了。

娱园

有三处地方,在我都是可以怀念的——因为恋爱的缘故。第一是《初恋》里说过了的杭州,其二是故乡城外的娱园。

娱园是皋社诗人秦秋渔的别业,但是连在住宅的后面,所以平常只称作花园。这个园据王眉叔的《娱园记》说,是"在水石庄,枕碧湖,带平林,广约顷许。曲构云缭,疏筑花幕。竹高出墙,树古当户。离离蔚蔚,号为胜区"。园筑于咸丰丁巳(一八五七年),我初到那里是在光绪甲午,已在四十年后,遍地都长了荒草,不能想见当时"秋夜联吟"的风趣了。园的左偏有一处名叫潭水山房,记中称它"方池湛然,帘户静镜,花水孕縠,笋石饤蓝"的便是。《娱园诗存》卷三中有诸人题词,樊樊山的《望江南》云:

> 冰縠净,山里钓人居。花覆书床偎瘦鹤,波摇琴幌散文鱼:水竹夜窗虚。

陶子缜的一首云:

> 澄潭莹,明瑟敞幽房。茶火瓶笙山蛎洞,柳丝泉筑水凫

床：古帧写秋光。

这些文字的费解虽然不亚于公府所常发表的骈体电文，但因此总可约略想见它的幽雅了。我们所见只是废墟，但也觉得非常有趣，儿童的感觉原自要比大人新鲜，而且在故乡少有这样游乐之地，也是一个原因。

娱园主人是我的舅父的丈人，舅父晚年寓居秦氏的西厢，所以我们常有游娱园的机会。秦氏的西邻是沈姓，大约因为风水的关系，大门是偏向的，近地都称作"歪摆台门"。据说是明人沈青霞的嫡裔，但是也已很是衰颓，我们曾经去拜访他的主人，乃是一个二十岁左右的青年，跛着一足，在厅房里聚集了七八个学童，教他们读《千家诗》。娱园主人的儿子那时是秦氏的家主，却因吸烟终日高卧，我们到傍晚去找他，请他画家传的梅花，可惜他现在早已死去了。

忘记了是那一年，不过总是庚子以前的事罢。那时舅父的独子娶亲（神安他们的魂魄，因为夫妇不久都去世了），中表都聚在一处，凡男的十四人，女的七人。其中有一个人和我是同年同月生的，我称她为姊，她也称我为兄；我本是一只"丑小鸭"，没有一个人注意的，所以我隐密的怀抱着的对于她的情意，当然只是单面的，而且我知道她自小许给人家了，不容再有非分之想，但总感着固执的牵引，此刻想起来，倒似乎颇有中古诗人（Troubadour）的余风了。当时我们住在留鹤盦里，她们住在楼上。白天里她们不在房里的时候，我们几个较为年少的人便"乘虚内犯"走上楼去掠夺东西吃；有一次大家在楼上跳闹，我仿佛无意似的拿起她的一件雪青纺绸衫穿了跳舞起来,她的一个兄弟也一同闹着,不曾看出什么破绽来,是我很得意的一件事。后来读木下杢太郎的《食后之歌》,看到一首《绛绢里》不禁又引起我的感触。

  到龛上去取笔去,

  钻过晾着的冬衣底下,

  触着了女衫的袖子。

  说不出的心里的扰乱,

  "呀"的缩头下来:

  南无,神佛也未必见罪罢,

  因为这已是故人的遗物了。

  在南京的时代,虽然在日记上写了许多感伤的话(随后又都剪去,所以现在记不起它的内容了),但是始终没有想及婚嫁的关系。在外边漂流了十二年之后,回到故乡,我们有了儿女,她也早已出嫁,而且抱着痼疾,已经与死当面立着了,以后相见了几回,我又复出门,她不久就平安过去。至今她只有一张早年的照相在母亲那里,因她后来自己说是母亲的义女,虽然没有正式的仪节。

  自从舅父全家亡故之后,二十年没有再到娱园的机会,想比以前必更荒废了。但是它的影象总是隐约的留在我脑底,为我心中的火焰(Fiammetta)的余光所映照着。

怀旧

读了郝秋圃君的杂感《听一位华侨谈话》，不禁引起我的怀旧之思。我的感想并不是关于侨民与海军的大问题的，只是对于那个南京海军鱼雷枪炮学校前身略有一点回忆罢了。

海军鱼雷枪炮学校大约是以前的《封神传》式的"雷电学校"的改称，但是我在那里的时候，还叫作"江南水师学堂"，这已是二十年前的事情了。那时鱼雷刚才停办，由驾驶管轮的学生兼习，不过大家都不用心。所以我现在除了什么"白头鱼雷"等几个名词以外，差不多忘记完了。

旧日的师长里很有不能忘记的人，我是极表尊敬的，但是不便发表，只把同学的有名人物数一数罢。勋四位的杜锡珪君要算是最阔了，说来惭愧，他是我进校的那一年毕业的，所以终于"无缘识荆"。同校三年，比我们早一班毕业的里边，有中将戈克安君是有名的，又倘若友人所说不误，现任的南京海军……学校校长也是这一班的前辈了，江西派的诗人胡诗庐君与杜君是同年，只因他是管轮班,所以我还得见过他的诗稿。而于我的同班呢,还未出过如此有名的人物,而且又多未便发表,只好提出一两个故人来说说了。第一个是赵伯先君,第二个是俞榆孙君。伯先随后改入陆师学堂,死于革命运动;榆孙也改入京师医学馆,去年死于防疫。这两个朋友恰巧先后都住在管轮堂第一号,便时常联带的想起。那时刘声元君也在那里学鱼雷,住在第二号,每日同俞君角力,这个情形还宛在目前。

学校的西北角是鱼雷堂旧址,旁边朝南有三间屋曰关帝庙,据说原来是游泳池,因为溺死过两个小的学生,总办命令把它填平,改建关帝庙,用以镇压不祥。庙里住着一个更夫,约有六十多岁,自称是个都司,每日三次往管轮堂的茶炉去取开水,经过我的铁格窗外,必定和我点头招呼(和人家自然也是一样),有时拿了自养的一只母鸡所生的鸡蛋来兜售,小洋一角买十六个。他很喜欢和别人谈长毛时事,他的都司大约就在那时得来,可惜我当时不知道这些谈话的价值,不大愿意同他去谈,到了现在回想起来,实在觉得可惜了。

关帝庙之东有几排洋房,便是鱼雷厂机器厂等,再往南去是驾驶堂的号舍了。鱼雷厂上午八时开门,中午休息,下午至四五时关门。厂门里边两旁放着几个红色油漆的水雷,这个庞大笨重的印象至今还留在脑里。看去似乎是有了年纪的东西,但新式的是怎么样子,我在那里终于没见过。厂里有许多工匠,每天在那里磨擦鱼雷,我听见教师说,鱼雷的作用全靠着磷铜缸的气压,所以看着他们磨擦,心想这样的擦去,不要把铜渐渐擦薄了么,不禁代为着急。不知现在已否买添,还是仍旧磨擦着那几个原有的呢?郝君杂感中云:"军火重地,严守秘密……唯鱼雷及机器场始终未参观。"与我旧有的印象截然不同,不禁使我发生了极大的今昔之感了。

水师学堂是我在本国学过的唯一的学校,所以回想与怀恋很多,一时写说不尽,现在只略举一二,纪念二十年前我们在校时的自由宽懈的日子而已。

怀旧之二

在《青光》上见到仲贤先生的《十五年前的回忆》，想起在江南水师学堂的一二旧事，与仲贤先生所说的略有相关，便又记了出来，作这一篇《怀旧之二》。

我们在校的时候，管轮堂及驾驶堂的学生虽然很是隔膜，却还不至于互相仇视，不过因为驾驶毕业的可以做到"船主"，而管轮的前程至大也只是一个"大俌"，终于是船主的下属，所以驾驶学生的身份似乎要高傲一点。班次的阶级，便是头班和二班或副额的关系，却更要不平，这种实例很多，现在略举一二。学生房内的用具，照例向学堂领用，但二班以下只准用一顶桌子，头班却可以占用两顶以上，陈设着仲贤先生说的那些"花瓶自鸣钟"。我的一个朋友W君同头班的C君同住，后来他迁往别的号舍，把自己固有的桌子以外又搬去C君的三顶之一。C君勃然大怒，骂道："你们即使讲革命，也不能革到这个地步。"过了几天，C君的好友K君向着W君寻衅，说"我便打你们这些康党"，几乎大挥老拳，大家都知道是桌子风潮的余波。

头班在饭厅的坐位都有一定,每桌至多不过六人,都是同班至好或是低级里附和他们的小友,从容谈笑的吃着,不必抢夺吞啊。阶级低的学生便不能这样的舒服,他们一听吃饭的号声,便须直奔向饭厅里去,在非头班所占据的桌上见到一个空位,赶紧坐下,这一餐的饭才算安稳到手了。在这大众奔窜之中,头班却比平常更从容的,张开两只臂膊,像螃蟹似的,在雁木形的过廊中央,大摇大摆的踱方步。走在他后面的人,不敢僭越,只能也跟着他踱,到得饭厅,急忙的各处乱钻,好像是晚上寻不着窠的鸡,好容易找到位置,一碗雪里蕻上面的几片肥肉也早已不见,只好吃一顿素饭罢了。我们几个人不佩服这个阶级制度,往往从他的臂膊间挤过,冲向前去,这一件事或者也就是革命党的一个证据罢。

仲贤先生的回忆中,最令我注意的是那山上的一只大狼,因为正同老更夫一样,他也是我的老相识。我们在校时,每到晚饭后常往后山上去游玩,但是因为山坳里的农家有许多狗,时以恶声相向,所以我们习惯都拿一枝棒出去。一天的傍晚我同友人L君出了学堂,向着半山的一座古庙走去,这是同学常来借了房间叉麻雀的地方。我们沿着同校舍平行的一条小路前进,两旁都生着稻麦之类,有三四尺高。走到一处十字叉口,我们看见左边横路旁伏着一只大狗,照例挥起我们的棒,他便窜去麦田里不见了。我们走了一程,到了第二个十字叉口,却又见这只狗从麦丛里露出半个身子,随即窜向前面的田里去了。我们觉得他的行为有点古怪,又看见他的尾巴似乎异常,猜想他不是寻常的狗,于是便把这一天的散步中止了。后来同学中也还有人遇见过他,因为手里有棒,大抵是他先回避了。原来过了五六年之后他还在那里,而且居然"白昼伤人"起来了。不知道他现今还健在否?很想得到机会,去向现在南京海军鱼雷枪炮学校的同学打听一声。

十天以前写了一篇,从邮局寄给报社,不知怎的中途失落了,现在重新写过,却没有先前的兴致,只能把文中的大意纪录出来罢了。

学校生活的一叶

一九〇一年的夏天考入江南水师学堂，读"印度读本"，才知道在经史子集之外还有"这里是我的新书"。但是学校的功课重在讲什么锅炉——听先辈讲话，只叫"薄厄娄"，不用这个译语，——或经纬度之类，英文读本只是敲门砖罢了。所以那印度读本不过发给到第四集，此后便去专弄锅炉，对于"太阳去休息，蜜蜂离花丛"的诗很少亲近的机会；字典也只发给一本商务印书馆的"华英字典"（还有一本那泰耳英文字典），表面写着"华英"，其实却是英华的，我们所领到的大约还是初板，其中有一个训作变童的字——原文已忘记了——他用极平易通俗的一句话作注解，这是一种特别的标征，比我们低一级的人所领来的书里已经没有这一条了。因为是这样的情形，大家虽然读了他们的"新书"，却仍然没有得着新书的趣味，有许多先辈一出了学堂便把字典和读本全数遗失，再也不去看他，正是当然的事情。

我在印度读本以外所看见的新书，第一种是从日本得来的一本

《天方夜谈》，这是伦敦纽恩士公司发行三先令半的插画本，其中有亚拉廷拿着神灯，和亚利巴巴的女奴拿了短刀跳舞的图，我还约略记得。当时这一本书不但在我是一种惊异，便是丢掉了字典在船上供职的老同学见了也以为得未曾有，借去传观，后来不知落在什么人手里，没有法追寻，想来即使不失落也当看破了。但是在这本书消灭之前，我便利用了它，做了我的"初出手"。《天方夜谈》里的《亚利巴巴与四十个强盗》是世界上有名的故事，我看了觉得很有趣味，陆续把它译了出来——当然是用古文而且带着许多误译与删节。当时我一个同班的朋友陈君定阅苏州出板的《女子世界》，我就把译文寄到那里去，题上一个"萍云"的女子名字，不久居然登出，而且后来又印成单行本，书名是《侠女奴》。这回既然成功，我便高兴起来，又将美国亚伦坡（E. Allen Poe）的小说《黄金虫》译出，改名《山羊图》，再寄给《女子世界》社的丁君。他答应由《小说林》出板，并且将书名换作《玉虫缘》。至于译者的名字则为"碧罗女士！"这大约都是一九零四年的事情。近来常见青年在报上通讯喜用姊妹称呼，或者自署称什么女士，我便不禁独自微笑，这并不是嘲弄的意思，不过因此想起十八九年前的旧事，仿佛觉得能够了解青年的感伤的心情，禁不住同情的微笑罢了。

此后我又得到几本文学书，但都是陀勒插画的《神曲地狱篇》，凯拉尔（Caryle）的《英雄崇拜论》之类，没有法子可以利用。那时苏子谷在上海报上译登《惨世界》，梁任公又在《新小说》上常讲起"嚣俄"，我就成了嚣俄的崇拜者，苦心孤诣的搜求他的著作，好容易设法凑了十六块钱买到一部八册的美国板的嚣俄选集。这是不曾见过的一部大书，但是因为太多太长了，却也就不能多看，只有《死囚的末日》和 *Claude Gueux* 这两篇时常拿来翻阅。一九〇六年的夏天住在鱼雷堂的空屋里，忽然发心想做小说，定名曰《孤儿记》，叙述孤儿的生活；上半是创造的，全凭了自己的贫弱的想象支撑过去，但是到了孤儿做贼以后便支持不住了，于是把嚣俄的文章尽量的放进去，孤儿的下半生遂成为 Claude 了：这个事实在例言上有没有声明，现在已经记不清楚，连署名用哪两个字也忘记了。这篇小说共约二万字，直接寄给《小说林》，承他收纳，而且酬洋二十元。这是我所得初次的工钱，以前的两种女性的译书只收到他们的五十部书罢了。这二十块钱我拿了到张季直所开的洋货公司里买了一个白帆布的衣包，其余的用作归乡的旅费了。

以上是我在本国学校读书和著作的生活。那三种小书侥幸此刻早已绝板，就是有好奇的人恐怕也不容易找到了：这是极好的事，因为他们实在没有给人看的价值。但是在我自己却不是如此，这并非什么敝帚自珍，因为他们是我过去的出产，表示我的生活的过程的，所以在回想中还是很有价值，而且因了自己这种经验，略能理解现在及未来的后生的心情，不至于盛气的去呵斥他们，这是我所最喜欢的，我想过去的经验如于我们有若干用处，这大约是最重要的一点罢。

五年间的回顾

在南京的学堂里五年,到底学到了什么呢?除了一点普通科学知识以外,没有什么特别的东西。但是也有些好处,第一是学了一种外国语,第二是把国文弄通了,可以随便写点东西,也开始做起旧诗来。这些可以笼统的说一句,都是浪漫的思想,有外国的人道主义,革命思想,也有传统的虚无主义,金圣叹梁任公的新旧文章的影响,杂乱的拼在一起。这于甲辰乙巳最为显著,现在略举数例,如甲辰"日记甲"序云:

> 世界之有我也,已二十年矣,然廿年以前无我也,廿年以后亦必已无我也,则我之为我亦仅如轻尘栖弱草,弹指终归寂灭耳,于此而尚欲借驹隙之光阴,涉笔于米盐之琐屑,亦愚甚矣。然而七情所感,哀乐无端,拉杂记之,以当雪泥鸿爪,亦未始非蜉蝣世界之一消遣法也。先儒有言,天地之大,而人犹有所恨,伤心百年之际,兴哀无情之地,不亦慎乎,然则吾之记亦可以不作也夫。甲辰十二月,天欸自序。

是岁除夕记云：

> 岁又就阑，予之感情为何如乎，盖无非一乐生主义而已。除夕予有诗云：东风三月烟花好，秋意千山云树幽，冬最无情今归去，明朝又得及春游。可以见之。
>
> 然予之主义，非仅乐生，直并乐死。小除诗云：一年倏就除，风物何凄紧。百岁良悠悠，白日催人尽。既不为大椿，便应如朝菌。一死息群生，何处问灵蠢。可以见之。

这里的思想是很幼稚的，但却是很真挚，因为日记里一再的提及，如乙巳元旦便记着：

> 是日也，贺者贺，吊者吊，贺者无知，吊者多事也。予则不喜不悲，无所感。

又初七日记云：

> 世人吾昔觉其可恶，今则见其可悲，茫茫大地，荆蕙不齐，孰为猿鹤，孰为沙虫，要之皆可怜儿也。

那时候开始买佛经来看。最初是十二月初九日，至延龄巷金陵刻经处买得佛经两本，记得一本是《投身饲饿虎经》，还有一本是经指示说，初学最好看这个，乃是《起信论》的纂注。其实我根本是个"少信"的人，无从起信，所以始终看了"不入"，于我很有影响的乃是投身饲虎的故事，这件浪漫的本生故事一直在我的记忆上留一痕迹，我在一九四六年作《往昔三十首》，其第二首是《咏菩提萨埵》，便是说这件事的，前后已经相隔四十多年了。

丙午（一九〇六）年以后，因为没有写日记，所以无可依据了，但是有一篇《秋草闲吟序》，是那年春天所作，诗稿已经散

佚,这序却因鲁迅手抄的一本保存在那里,现在得以转录于下:

> 予家会稽,入东门凡三四里,其处荒僻,距市辽远,先人敝庐数楹,聊足蔽风雨,屋后一圃,荒荒然无所有,枯桑衰柳,倚徙墙畔,每白露下,秋草满园而已。予心爱好之,因以园客自号,时作小诗,顾七八年来得辄弃去,虽哀之可得一小帙,而已多付之腐草矣。今春无事,因摭存一二,聊以自娱,仍名秋草,意不忘园也。嗟夫,百年更漏,万事鸡虫,对此茫茫,能无怅怅,前因未昧,野花衰草,其迟我久矣。卜筑幽山,诏犹在耳,而纹竹徒存,吾何言者,虽有园又乌得而居之?借其声,发而为诗,哭欤歌欤,角鸱山鬼,对月而夜啸欤,抑悲风戚戚之振白杨也。龟山之松柏何青青耶,荼花其如故耶?秋草苍黄,如入梦寐,春风虽至,绿意如何,过南郭之原,其能无惘惘而雪涕也。丙午春,秋草园客记。

在这里青年期的伤感的色彩还是很浓厚,但那些烂调的幼稚笔法却已逐渐减少了。上文说过的诗句,"独向龟山望松柏,夜乌啼上最高枝",大抵是属于这一时期的,这里显然含着怀旧的意味。乙巳二月中记云:

> 过朝天宫,见人于小池塘内捕鱼,劳而所获不多,大抵皆鳅鱼之属耳。忆故乡菱荡钓鲦,此乐宁可再得,令人不觉有故园之思。

这与辛丑鲁迅的《再和别诸弟原韵》第二首所云,"怅然回忆家乡乐,抱瓮何时共养花",差不多是同一样的意思。

故乡的回顾

这回我终于要离开故乡了。我第一次离开家乡,是在我十三岁的时候,到杭州去居住,从丁酉正月到戊戌的秋天,共有一年半。第二次那时是十六岁,往南京进学堂去,从辛丑秋天到丙午夏天,共有五年,但那是每年回家,有时还住的很久。第三次是往日本东京,却从丙午秋天一直至辛亥年的夏天,这才回到绍兴去的。现在是第四次了,在绍兴停留了前后七个年头,终于在丁巳(一九一七)年的三月,到北京来教书,其时我正是三十三岁,这一来却不觉已经有四十几年了。总计我居乡的岁月,一裹脑儿的算起来不过二十四年,住在他乡的倒有五十年以上,所以说对于绍兴有怎么深厚的感情与了解,那似乎是不很可靠的。但是因为从小生长在那里,小时候的事情多少不容易忘记,因此比起别的地方来,总觉得很有些可以留恋之处。那么我对于绍兴是怎么样呢?有如古人所说,"维桑与梓,必恭敬止",便是对于故乡的事物,须得尊敬。或者如《会稽郡故书杂集》序文里所说,"序述名德,著其贤能，记注陵泉，传其典实，使后人穆然有思古之情"，那也说得太高了，似乎未能做到。现在且只具体的说来看：第一是对于天时，没有什么好感可说的。绍兴天气不见得比别处不好，只是夏天气候太潮湿，所以气温一到了三十度，便觉得燠闷不堪，每到夏天，便是大人也要长上一身的痱子，而且蚊子众多，成天的绕着身子飞鸣，仿佛是在蚊子堆里过日子，不是很愉快的事。冬天又特别的冷，这其实是并不冷，只看河水不冻，许多花木如石榴柑桔桂花之类，都可以在地下种着，不必盆栽放在屋里，便可知道，但因为屋宇的构造全是为防潮湿而做的，椽子中间和窗门都留有空隙，而且就是下雪天门窗也不关闭，室内的温度与外边一样，所以手足都生冻疮。我在来北京以前，在绍兴过了六个冬天，每年要生一次，至今已过了四十五年了，可是脚后跟上的冻疮痕迹却还是存在。再说地理，那是"千岩竞秀，万壑争流"的名胜地方，但是所谓名胜多是很无聊的，这也不单是绍兴为然，本没有什么好，实在倒是整个的风景，便是这千岩万壑并作一起去看，正是名胜的所在。李越缦念念不忘越中湖塘之胜，在他的几篇赋里，总把环境说上一大篇，至今读起来还觉得很有趣味，正可以说是很能写这种情趣的。至于说到人物，古代很是长远，所以遗留下有些可以佩服的人，但是现代才只是几十年，眼前所见就是这些人，古语有云，先知不见重于故乡，何况更是凡人呢？绍兴人在北京，很为本地人所讨厌，或者在别处也是如此，我因为是绍兴人，深知道这种情形，但是细想自己也不能免，实属没法子，唯若是叫我去恭惟那样的绍兴人，则我唯有如《望越篇》里所说，"撒灰散顶"，自己诅咒而已。

对于天地与人既然都碰了壁,那么留下来的只有"物"了。鲁迅于一九二七年写《朝花夕拾》的小引里,有一节道:

> 我有一时,曾经屡次忆起儿时在故乡所吃的蔬果,菱角,罗汉豆,茭白,香瓜。凡这些,都是极其鲜美可口的,都曾是使我思乡的蛊惑。后来,我在久别之后尝到了,也不过如此,惟独在记忆上,还有旧来的意味留存。他们也许要哄骗我一生,使我时时反顾。

这是他四十六岁所说的话,虽然已经过了三十多年的岁月,我想也可以借来应用,不过哄骗我的程度或者要差一点了。李越缦在《城西老屋赋》里有一段说吃食的道:

> 若夫门外之事,市声沓嚣。杂剪张与酒赵,亦织簜而吹箫。东邻鱼市,罟师所朝。魴鲤鲢鯾,泽国之饶。鲫阔论尺,鳖鲒若刀。鳗鳝虾鳖,稻蟹巨螯。届日午而潨集,呴腥沫而若潮。西邻菜佣,瓜茄果枹。蹲鸱芦萉,夥颐菰荍。绿压村担,紫分野刞。葱韭蒜薤,日充我庖。值夜分之群息,乃谐价以杂嘈。

罗列名物,迤逦写来,比王梅溪的《会稽三赋》的志物的一节尤其有趣。但是引诱我去追忆过去的,还不是这些,却是更其琐屑的也更是不值钱的,那些小孩儿所吃的夜糖和炙糕。一九三八年二月我曾作《卖糖》一文写这事情,后来收在《药味集》里,自己觉得颇有意义。后来写《往昔三十首》,在五续之四云:

> 往昔幼小时,吾爱炙糕担。夕阳下长街,门外闻呼唤。竹笼架熬盘,瓦钵炽白炭。上炙黄米糕,一钱买一片。麻糍值四

文,豆沙裹作馅。年糕如水晶,上有桂花糁。品物虽不多,大抵甜且暖。儿童围作圈,探囊竞买啖。亦有贫家儿,衔指倚门看。所缺一文钱,无奈英雄汉。

题目便是《炙糕担》。又作《儿童杂事诗》三编,其丙编之二二是咏果饵的,诗云:

儿曹应得念文长,解道敲锣卖夜糖,想见当年立门口,茄脯梅饼遍亲尝。

注有云:

小儿所食圆糖,名为夜糖,不知何义,徐文长诗中已有之。

详见《药味集》的那篇《卖糖》小文中。这里也很凑巧,那徐文长正是绍兴人,他的书画和诗向来是很有名的。

道路的记忆一

凡是一条道路，假如一个人第一次走过，一定会有好些新的发见，值得注意，但是过了些时候却也逐渐的忘记了。可是日子走得多了，情形又有改变，许多事情不新鲜了，然而有一部分事物因为看得长久了，另外发生一种深切的印象，所以重又记住，这却是轻易不容易忘记，久远的留在记忆里。我所想记者便是这种事情，姑且以最熟习的往两个大学去的路上为例，这就是北京大学和燕京大学，自南至北，自西至东，差不多京师的五城都已跑遍了，论时则长的有二十年，短的也有十年，与今日相去也已有三十年光景，所以殊有隔世之感了，现在就记得的记录一点下来，未始不是怀古的好资料吧。

北京大学从前在景山东街，后来改称第二院，新建成的宿舍作为第一院，在汉花园，因为就是沙滩的北口，所以也笼统称为沙滩。这是在故宫的略为偏东北一点的地方，即是北京的中央，以前警厅称为中一区的便是。可是我的住处却换了两处，民国六年至八年（一九一七至一九一九）住在南半截胡同，位于宣武门外菜市口之南，往北大去须朝东北，但以后住在现今的地方，是西直门内新街口之西，所以这又须得朝着东南走了。这两条线会合在北大，差不多形成一个钝角，使我在这边线上看得一个大略，这是很有意思的，叫我至今不能忘记。

往北大去的路线有好几条，大意只是两种，即是走到菜市口之后，是先往东走呢，还是先往北走？现在姑且说头一种走法，即由菜市口往骡马市走去——这菜市口当时的印象就不很好，在现今大约都已不记得了吧，虽然在民国以来早已不在那里杀人，但是庚子时候的杀五大臣，戊戌的杀"六君子"，都是在那里，不由人不联想起来，而那个饱经世变的"西鹤年堂"却仍是屹立在那边，更令人会幻想起当时的情景，不过这只是一转瞬就过去了。往东走到虎坊桥左近，车子就向北走进五道庙街，以后便一直向东向北奔去。这中间经过名字很怪的李铁拐斜街，走到前门繁盛市街观音寺街和大栅栏——大栅栏因为行人太多，所以车子不大喜欢走，大抵拐湾由廊房头条进珠宝市，而出至正阳门了。这以后便没有什么问题，走过了天安门广场，在东长安街西边便是南池子接北池子这条漫长的街道，走完了这街就是沙滩了。

第二种走法是先往北走，就是由菜市口一直进宣武门，通过单牌楼和四牌楼——这些牌楼现在统没有了，但是在那时候都还是巍然在望的。说起西四牌楼来，这也是很可怕的地方，因为明朝很利用它为杀人示众之处，不，不只是杀而是剐，据书中记录明末将不孝继母的翰林郑鄤，钦命剐多少刀的，就是在这个写着"大市街"

的牌楼的中间。现在没有这些牌楼了，倒也觉得干净，虽然记忆还不能抹拭干净，看来崇祯的倒楣实在是活该的，他的作风与洪武永乐相去不远，后人记念他，附会他是朱天君，乃是因为反对满清的缘故罢了。朝北走到西四牌楼，这已经够了，以后便是该往东走，但是因为中间有一个北海和中南海梗塞着，西城和中城的交通很是不方便，笼总只有两条路可走，一条是由西单牌楼拐弯，顺着西长安街至天安门，一条则是由西四牌楼略南拐弯，顺着西安门大街过北海桥，至北上门，这是故宫的后门，北边便是景山，中间也可以通过。虽说这两条路一样的可以走得，但是拉车的因为怕北海桥稍高（解放后重修，这才改低了），所以不大喜欢走这条路，往往走到西单牌楼，便取道西长安街，在不到天安门的时候就向北折行，进南长街去了。南长街与北长街相连接，是直通南北的要道，与南北池子平行，是故宫左右两侧的唯一的通路，不过它通到北头，离沙滩还隔着一程，就是故宫的北边这一面，现在称为景山前街的便是。在这段街路上，虽然不到百十丈远，却见到不少难得看见的情景，乃是打发到玉泉山去取御用的水回来的驴车，红顶花翎的大官坐着马车或是徒步走着，成群的从北上门退出，乃是上朝回来的人，这些都是后来在别的地方所见不到的东西，但是自从搬家到西北城之后，到北大去不再走这条道路，所以后来也就没有再见的机会了。

从外城到北大去，随便在外边叫一辆洋车，走路由车夫自愿，无论怎样走都好，但是平均算来总有一半是走前门的，所以购买东西很是方便，不必特别上街去，那时买日用杂货的店铺差不多集中前门一带，只有上等文具则在琉璃厂，新书也以观音寺街的青云阁最为齐备，楼上也有茶点可吃，住在会馆里的时候几乎每星期日必到那里，记得小吃似乎比别的地方为佳，不过那都是"五四"以前的事，去今已是四十多年了。

从西北城往北大的路，与上边所说正是取相反的方向，便是一路只从东南走去，这路只有一条，即是进地安门即后门出景山后街，再往东一拐即是景山东街了，此外虽然还有走西安门大街的一条路，但那似乎要走远一点，所以平常总是不大走。这一条从新街口到后门的路本来也很平凡，只是我初来北京往访蔡校长的时候，曾经错走过一次，所以觉得很有意思，不过那是出地安门来的就是了。后来走的是从新街口往南，在护国寺街东折，沿着定府大街通往龙头井，迤逦往南便是皇城北面的大路了。这一路虽是冷静平凡，可是变迁很多，也很值得讲。第一是护国寺，这里每逢七八有庙会，里边什么统有，日常用品以及玩具等类，茶点小吃，演唱曲艺，都是平民所需要的，无不具备，来玩的人真是人山人海，终年如此。这称为西庙，与东城隆福寺称作东庙的相对，此外西城还有白塔寺也有庙会，不过那是规模很小，不能相比了。第二是定府大街，后来改称定阜大街，原来是以王府得名，这就是清末最有势力的庆王的住宅，虽是在民国以后却还是很威风，门前站着些卫兵，装着拒马。后来将东边地方卖给天主教人，建造起辅仁大学，此后他们的威势似乎渐渐的不行了。第三是那条皇城北面的街路，当初有高墙站在那里，墙的北边是那马路，车子沿着墙走着，样子是够阴沉沉的，特别在下雪以后，那靠墙的一半马路老是冰冻着，到得天暖起来这一半也总是湿淋淋的,这个印象还是记得。那里从前通什刹海的一座石桥就有一部分砌在墙内,便称作西压桥,和那东边的桥相对,那边的桥不被压着,所以称为东不压桥。西压桥以北是什刹海,乃是明朝以来的名胜,到了民国以后也还是人民的公园,特别是在夏季,兴起夏令市场,摆些茶摊点心铺,买八宝莲子粥最有名,又有说书歌唱卖技的处所,可以说是平民的游乐地。我虽然时常走过,远闻鼓乐声,看大家熙来攘往的,就可惜不曾停了车子,走去参加盛会,确实是一回遗憾的事情。

道路的记忆二

我是从民国十一年才进燕京大学去教书,至二十年退出,在这个期间我的住处没有变动,但是学校却搬了家,最初是在崇文门内盔甲厂,乃是北京内城的东南隅,和我所住的西北城正成一条对角线,随后迁到西郊的海甸,却离西直门很远,现今公共汽车计有十站,大约总有十几里吧。但是当初在城里的时候,这条对角线本来也不算近,以前往北大去曾经试验步行过,共总要花一个钟头,车子则只要三十分钟,若是往燕大去车子要奔跑一个钟头,那么是北大的二倍了。我在那边上课的时间都是排在下午,可以让我在上午北大上完课之后再行前去,中午叫工友去叫一盘炒面,外带两个"窝果儿"即是余鸡子来,只要用两三角钱就可以吃饱,但是也有时来不及吃,只可在东安市场买两个鸡蛋糕的卷子,冬天放下车帘一路大吃,等得到来也就可以吃完了。从北大走去,那条对角线恰是一半,其路线则由汉花园往南往东,或者取道北河沿,或者由翠花胡同出王府大街,反正总要走过东安市场所在的东安门的。说起东安门来也有复辟时记忆留着，那朝西北的门洞边上有着枪弹的痕迹，即是张勋公馆的辫子兵所打出来的，不过现在东安门久已拆除，所以这些遗迹已全然不见了。自东安市场以至王府井大街，再往东便是东单牌楼了，那是最为繁盛的地方，买什么东西都很方便，那时虽然不再走过前门，可是每星期总要几回走过东单，就更觉得便利了。东单牌楼往南走不多远，就得往东去，或在苏州胡同拐湾再转至五老胡同，或者更往南一点进船板胡同钓饵胡同，出去便是沟沿头，它的南端与盔甲厂相接。说也奇怪，这北京东南的地方在我却是似曾相识，因为在五年前复辟的时候，我们至东城避难，而这家旅馆乃是恰在船板胡同的陋巷里。我们在那里躲了几天，有时溜出去买英文报看，买日本点心吃，所以在附近的几条胡同里也徘徊过，如今却又从这里经过，觉得很有意思。我利用来东城的机会，时常照顾的是八宝胡同的青林堂日本点心铺，东单的祥泰义食料铺，买些法国的蒲桃酒和苦艾酒等。傍晚下课回来，一直要走一个多钟头，路实在长得可以，而且下午功课要四点半钟才了，冬天到了家里要六点钟了，天色已经昏黑，颇有披星戴月之感，幸而几年之后学校就搬了家，又是另外一种情形了。

燕京大学的新校址在西郊篓斗桥地方，据说是明朝米家的花园叫做勺园，不过木石均已无复存留，只有进门后的一座石桥，大概还是旧物吧。现在已改为北京大学，建筑已很有增加，但是大体上似乎还无什么改变。往海甸去的道程已有许多不同吧，就当时的状态来说，有民国十五年（一九二六）十月三十日所写的一封通信，登在《语丝》上面，题曰《郊外》，叫以看见其时北京的一点情形，今抄录于下：

燕大开学已有月余，我每星期须出城两天，海甸这一条路已经有点走熟了。假定上午八时出门，行程如下，即十五分高亮桥，五分慈献寺，十分白祥庵南村，十分叶赫那拉氏坟，五分黄庄，十五分海甸北箩斗桥到。今年北京的秋天特别好，在郊外的秋色更是好看，我在寒风中坐在洋车上远望鼻烟色的西山，近看树林后的古庙以及河边一带微黄的草木，不觉过了二三十分的时光。最可喜的是大柳树南村与白祥庵南村之间的一段S字形的马路，望去真与画图相似，总是看不厌。不过这只是说那空旷没有人烟的地方，若是市街，例如西直门外或海甸镇，那是很不愉快的，其中以海甸为尤甚，道路破坏污秽，两旁沟内满是垃圾以及居民所倾倒出来的煤球灰，全是一副没人管理的地方的景象。街上三三五五遇见灰色的人们，学校或商店的门口常贴着一条红纸，写着什么团营连等字样。这种情形以我初出城时为最甚，现在似乎少好一点了，但是还未全去。我每经过总感到一种不愉快，觉得这是占领地的样子，不像是在自己的本国走路，我没有亲见过，但常常冥想欧战时比利时等处或者是这个景象吧。海甸的莲花白酒是颇有名的，我曾经买过一瓶，价贵而味仍不甚佳，我不喜欢喝它。我总觉得勃阑地最好，但是近来有什么机制酒税，价钱大涨，很有点买不起了。——城外路上还有一件讨厌的东西，便是那纸烟的大招牌。我并不一定反对吸纸烟，就是竖招牌也未始不可，只要弄得好看一点，至少也要不丑陋，而那些招牌偏偏都是丑陋的。把这些粗恶的招牌立在占领地似的地方，倒也是极适合的罢？

那时候正是"三一八"之年，这时冯玉祥的国民军退守南口，张作霖的奉军和直鲁军进占北京，上面所说便是其时的情形，也就是上文说过的履霜坚冰至的时期了。

我在燕京前后十年，以我的经验来说，似乎在盔甲厂的五年比较更有意思。从全体说起来，自然是到海甸以后，校舍设备功课教员各方面都有改进，一切有个大学的规模了，但我觉得有点散漫，还不如先前简陋的时期，什么都要紧张认真，学生和教员的关系也更为密切。我觉得在燕大初期所认识的学生中间有好些不能忘记的，过于北大出身的人，而这些人又不是怎么有名的，现在姑且举出一个已经身故的人出来，这人便是画家司徒乔。他在民国十四年六月拟开一次展览会，叫我写篇介绍，我是不懂画和诗的，但是写了一篇《司徒乔所作画展览会的小引》在报上发表了，其词曰：

> 司徒君是燕京大学的学生。他性喜作画，据他的朋友说，他作画比吃饭还要紧。他自己说，他所以这样的画，自有他不得不画的苦衷，这便因为他不能闭着眼睛走路。我们在路上看见了什么，回来就想对朋友说，他也就忍不住要把它画出来。我是全然不懂画的，但他作画的这动机我觉得还能了解，因为这与我们写文章是一致的。司徒君画里的人物大抵是些乞丐，驴夫和老头子，这是因为他眼中的北京是这样，虽然北京此外或者还有别的好东西，大家以为好的物与人。有一天，我到他宿舍里去，看见他正在作画，大乞丐小乞丐并排着坐在他

的床沿上——大的是瞎了眼的,但听见了声音,赶紧站了起来。我真感觉不安,扰乱了他们正经工作。我又见到一张画好了的老头儿的头部,据说也是一个什么胡同的老乞丐,在他的皱纹和须发里真仿佛藏着四千年的苦辛的历史。我是美术的门外汉,不知道司徒君的画的好坏,只觉得他这种作画的态度是很可佩服的。现在他将于某日在帝王庙展览他的绘画,我很愿意写几句话做个介绍,至于艺术上的成就如何,届时自有识者的批判,恕我不能赞一辞了。

那时他的宿舍也就是在盔甲厂附近的一间简陋的民房,后来在西郊建起新的斋舍,十分整齐考究,可是没有那一种自由,他也没有在那里念书了。民国廿三年(一九三四)他外游归来,回到北京来看我,给我用炭画素描画了一幅小像,作我五十岁的纪念,这幅画至今保存,挂在旧苦雨斋的西墙上,我在燕大教书十年,得到这一幅画作纪念,这实在是十分可喜的事情了。

东昌坊故事

余家世居绍兴府城内东昌坊口，其地素不著名，唯据山阴吕善报著《六红诗话》，卷三录有张宗子《快园道古》九则，其一云：

苏州太守林五磊素不孝，封公至署半月即勒归，予金二十，命悍仆押其抵家，临行乞三白酒数色亦不得，半途以气死。时越城东昌坊有贫子薛五者，至孝，其父于冬日每早必赴混堂沐浴，薛五必携热酒三合御寒，以二鸡蛋下酒。袁山人雪堂作诗云：三合陈醑敌早寒，一双鸡子白团团，可怜苏郡林知府，不及东昌薛五官。

又《毛西河文集》中题罗坤所藏吕潜山水册子，起首云：

壬子秋遇罗坤蒋侯祠下，屈指挥别东昌坊五年矣。

关于东昌坊的典故，在明末清初找到了两个，也很可以满意了。东昌坊口是一条东西街，南北两面都是房屋，路南的屋后是河，西首架桥曰都亭桥，东则曰张马桥，大抵东昌坊的区域便在此二桥之间。张马桥之南曰张马衖，亦云绸缎衖，北则是丁字路，迤东有广思堂王宅，其地即土名广思堂，不知其属于东昌坊或覆盆桥也。都亭桥之南曰都亭桥下，稍前即是让檐街，桥北为十字路，东昌坊口之名盖从此出，往西为秋官第，往北则塔子桥，狙击琶八之唐将军庙及墓皆在此地。我于光绪辛丑往南京以前，有十四五年在那里住过，后来想起来还有好些事情不能忘记，可以记述一点下来。从老家到东昌坊口大约隔着十几家门面，这条路上的石板高低大小，下雨时候的水汪，差不多都还可想象，现在且只说十字路口的几家店铺吧。东南角的德兴酒店是老铺，其次是路北的水果摊与麻花摊，至于西南角的泰山堂药店乃是以风水卜卦起家，绰号矮癞胡的申屠泉所开，算是暴发户，不大有名望了。关于德兴酒店，我的记忆最为深远。我从小时候就记得我家与德兴做账，每逢忌日祭祀，常看见用人拿了经折子和酒壶去取掺水的酒来，随后到了年节再酌量付还。我还记得有一回，大概是七八岁的时候，独自一人走到德兴去，在后边雅座里找着先君正和一位远房堂伯在喝老酒。他们称赞我能干，分下酒的鸡肫豆给我吃，那时的长方板桌与长凳，高脚的浅酒碗，装下酒盐豆等的黄沙粗碟，我都记的很清楚，虽然这些东西一时别无变化，后来也仍时常看见。连带的使我不能忘记的是酒店所有的各种过酒胚，下酒的小吃，固然这不一定是德兴所做的最好，不过那里自然具备，我们的经验也是从那里得来的。鸡肫豆与茴香豆都是其中重要的一种。七年前在《记盐豆》的小文中曾说：

小时候在故乡酒店常以一文钱买一包鸡肫豆，用细草纸包作纤足状，内有豆可二三十粒，乃是黄豆盐煮漉干，软硬得中，自有风味。

为什么叫作鸡肫的呢？其理由不明了，大约为的是嚼着有点软带硬，仿佛像鸡肫似的吧。茴香豆是用蚕豆，越中称作罗汉豆所制，只是干煮加香料，大茴香或是桂皮，也是一文钱起码，亦可以说是为限，因为这种豆不曾听说买上若干文，总是一文一把抓，伙计即酒店官他很有经验，一手抓去数量都差不多，也就摆作一碟，虽然要几碟或几把自然也是自由。此外现成的炒洋花生，豆腐干，咸豆豉等大略具备，但是说也奇怪，这里没有荤腥味，连皮蛋也没有，不要说鱼干鸟肉了。本来这是卖酒附带喝酒，与饭馆不同，是很平民的所在，并不预备阔客的降临，所以只有简单的食品，和朴陋的设备正相称。上边所说这些豆类都似乎是零食，在供给酒客之外，一部分还是小孩们光顾买去，此外还有一两种则是小菜类的东西，人家买去可以作临时的下饭，也是很便利的事。其一名称未详，只是在陶钵内盐水煮长条油豆腐，仿佛是一文钱一个，临买时装在碗里，上面加上些红辣茄酱。这制法似乎别无巧妙，不知怎的自己煮来总不一样，想吃时还须得拿了碗到柜上去买。其二名曰时萝卜，以萝卜带皮切长条，用盐略腌，再以红霉豆腐卤渍之，随时取食。此皆是极平常的食物，然在素朴之中自有真味，而皆出自酒店店头，或亦可见酒人之真能知味也。

东北角的水果摊其实也是一间店面，西南两面开放，白天撤去排门，台上摆着些水果，似摊而有屋，似店而无招牌店号，主人名连生，所以大家并其人与店称之曰水果连生云。平常是主妇看店，水果连生则挑了一担水果，除沿街叫卖外，按时上各主顾家去销售。这担总有百十来斤重，挑起来很费气力，所以他这行业是商而兼工的，有些主顾看见他把这一副沉重的担子挑到内堂前，觉得不大好意思让他原担挑了出去，所以多少总要买他一点，无论是杨梅或是桃子。东昌坊距离大街很远，就是大云桥也不很近，临时想买点东西只好上水果连生那里去，其价钱较贵也可以说是无怪的。小时候认识一个南街的小破脚骨，自称姜太公之后，他曾说水果连生所卖的水果是仙丹，所以那么贵，又一转而称店主人曰华佗，因为仙丹当然只有华佗那里发售。都亭桥下又有一家没有招牌的店，出卖荤粥，后来改卖馄饨和面，店更繁昌起来了。主人姓张，曾租住我家西边余屋，开棺材店多年，我的曾祖母是很严格的人，可是没有一点忌讳，真很可佩服。我还记得墙上黑字写着张永兴字号，龙游寿枋等语。这张老板一面做着寿材，一面在住家制荤粥出售。荤粥一名肉骨头粥，系从猪肉店买骨头来煮粥，食时加葱花小虾米及酱油，每碗才几文钱，价廉而味美，是平民的好食品，虽然绅士们不大肯屈尊光顾。我们和姜君常常去吃，有一天已经吃下大半碗去了的时候，姜君忽然正色问道，你们没有放下什么毒药么？这一句话问的张老板的儿子媳妇哑口无言，不知道怎么回答才好，姜君乃徐徐说道，我怕你们兜揽那面的生意呢。店里的人只好苦笑，这其实也是真的，假如感觉敏捷一点的人想到店主人的本业，心里难免有这种疑问，不过不好说出来罢了。这荤粥的味道至今未能忘记，虽然这期间已经有了四十多年的间隔，上月收到长女的乳母诉苦的信，说米价每升已至三四千元，荤粥这种奢侈食品，想必早已没有了吧。因为这样的缘故，把多少年前的地方和情状记录一点下来，或者也不是全无意思的事。

苏州的回忆

说是回忆,仿佛是与苏州有很深的关系,至少也总住过十年以上的样子,可是事实上却并不然。民国七八年间坐火车走过苏州,共有四次,都不曾下车,所看见的只是车站内的情形而已。去年四月因事往南京,始得顺便至苏州一游,也只有两天的停留,没有走到多少地方,所以见闻很是有限。当时江苏日报社有郭梦鸥先生以外几位陪着我们走,在那两天的报上随时都有很好的报道,后来郭先生又有一篇文章,登在第三期的《风雨谈》上,此外实在觉得更没有什么可以纪录的了。但是,从北京远迢迢地往苏州走一趟,现在也不是容易事,其时又承本地各位先生恳切招待,别转头来走开之后,再不打一声招呼,似乎也有点对不起。现在事已隔年,印象与感想都渐就着落,虽然比较地简单化了,却也可以稍得要领,记一点出来,聊以表示对于苏州的恭敬之意,至于旅人的话,谬误难免,这是要请大家见恕的了。

我旅行过的地方很少,有些只根据书上的图像,总之我看见各地方的市街与房屋，常引起一个联想，觉得东方的世界是整个的。譬如中国，日本，朝鲜，琉球，各地方的家屋，单就照片上看也罢，便会确凿地感到这里是整个的东亚。我们再看乌鲁木齐，宁古塔，昆明各地方，又同样的感觉这里的中国也是整个的。可是在这整个之中别有其微妙的变化与推移，看起来亦是很有趣味的事。以前我从北京回绍兴去，浦口下车渡过长江，就的确觉得已经到了南边，及车抵苏州站，看见月台上车厢里的人物声色，便又仿佛已入故乡境内，虽然实在还有五六百里的距离。现在通称江浙，有如古时所谓吴越或吴会，本来就是一家，杜荀鹤有几首诗说得很好，其一《送人游吴》云：

　　君到姑苏见，人家尽枕河。古宫闲地少，水港小桥多。夜市卖菱藕，春船载绮罗。遥知未眠月，乡思在渔歌。

又一首《送友游吴越》云：

　　去越从吴过，吴疆与越连。有园多种橘，无水不生莲。夜市桥边火，春风寺外船。此中偏重客，君去必经年。

诗固然做的好，所写事情也正确实，能写出两地相同的情景。我到苏州第一感觉的也是这一点，其实即是证实我原有的漠然的印象罢了。我们下车后，就被招待游灵岩去，先到木渎在石家饭店吃过中饭。从车站到灵岩，第二天又出城到虎丘，这都是路上风景好，比目的地还有意思，正与游兰亭的人是同一经验。我特别感觉有趣味的，乃是在木渎下了汽车，走过两条街往石家饭店去时，看见那里的小河，小船，石桥，两岸枕河的人家，觉得和绍兴一样，这是江南的寻常景色，在我江东的人看了也同样的亲近，恍如身在故乡了。又在小街上见到一片糕店,这在家乡极是平常,但北方绝无这些糕类,好些年前曾在《卖糖》这一篇小文中附带说及,很表现出一种乡愁来,现在却忽然遇见,怎能不感到喜悦呢。只可惜匆匆走过,未及细看这柜台上蒸笼里所放着的是什么糕点,自然更不能够买了来尝。不过就只是这样看一眼走过了,也已很是愉快,后来不久在城里几处地方,虽然不是这店里所做,好的糕饼也吃到好些,可以算是满意了。

第二天往马医科巷,据说这地名本来是蚂蚁窠巷,后来转讹,并不真是有过马医牛医住在那里,去拜访俞曲园先生的春在堂。南方式的厅堂结构原与北方不同,我在曲园前面的堂屋里徘徊良久之后,再往南去看俞先生著书的两间小屋,那时所见这些过廊,侧门,天井种种,都恍忽是曾经见过似的,又流连了一会儿。我对同行的友人说,平伯有这样好的老屋在此,何必留滞北方,我回去应当劝他南归才对。说的虽是半玩半笑的话,我的意思却是完全诚实的,只是没有为平伯打算罢了,那所大房子就是不加修理,只说点灯,装电灯固然了不得,石油没有,植物油又太贵,都无办法,故即欲为点一盏读书灯计,亦自只好仍旧蛰居于北京之古槐书屋矣。我又去拜谒章太炎先生墓,这是在锦帆路章宅的后园里,情形如郭先生文中所记,兹不重述。章宅现由省政府宣传处明处长借住,我们进去稍坐,是一座洋式的楼房,后边讲学的地方云为外国人所占用,尚未能收回,因此我们也不能进去一看,殊属遗憾。俞章两先生是清末民初的国学大师,却都别有一种特色,俞先生以经师而留心轻文学,为新文学运动之先河,章先生以儒家而兼治佛学,倡导革命，又承先启后，对于中国之学术与政治的改革至有影响，但是在晚年却又不约而同的定住苏州，这可以说是非偶然的偶然，我觉得这里很有意义，也很有意思。俞章两先生是浙西人，对于吴地很有情分，也可以算是一小部分的理由，但其重要的原因还当别有所在。由我看去，南京，上海，杭州，均各有其价值与历史，唯若欲求多有文化的空气与环境者，大约无过苏州了吧。两先生的意思或者看重这一点，也未可定。现在南京有中央大学，杭州也有浙江大学了，我以为在苏州应当有一个江苏大学，顺应其环境与空气，特别向人文科学方面发展，完成两先生之弘业大愿，为东南文化确立其根基，此亦正是丧乱中之一切要事也。

在苏州的两个早晨过得很好，都有好东西吃，虽然这说的似乎有点俗，但是事实如此，而且谈起苏州，假如不讲到这一点，我想终不免是一个罅漏。若问好东西是什么，其实我是乡下粗人，只知道是糕饼点心，到口便吞，并不曾细问种种的名号。我只记得乱吃得很不少，当初《江苏日报》或是郭先生的大文里仿佛有着记录。我常这样想，一国的历史与文化传得久远了，在生活上总会留下一点痕迹，或是华丽，或是清淡，却无不是精炼的，这并不想要夸耀什么，却是自然应有的表现。我初来北京的时候，因为没有什么好点心，曾经发过牢骚，并非真是这样贪吃，实在也只为觉得他太寒伧，枉做了五百年首都，连一些细点心都做不出，未免丢人罢了。我们第一早晨在吴苑，次日在新亚，所吃的点心都很好，是我在北京所不曾见过的，后来又托朋友在采芝斋买些干点心，预备带回去给小孩辈吃，物事不必珍贵，但也很是精炼的，这尽够使我满意而且佩服，即此亦可见苏州生活文化之一斑了。这里我特别感觉有趣味的，乃是吴苑茶社所见的情形。茶食精洁，布置简易，没有洋派气味，固已很好，而吃茶的人那么多，有的像是祖母老太太，带领家人妇子，围着方桌，悠悠的享用，看了很有意思。性急的人要说，在战时这种态度行么？我想，此刻现在，这里的人这么做是并没有什么错的。大抵中国人多受孟子思想的影响，他的态度不会得一时急变，若是因战时而面粉白糖渐渐不见了，被迫得没有点心吃，出于被动的事那是可能的。总之在苏州，至少是那时候，见了物资充裕，生活安适，由我们看惯了北方困穷的情形的人看去，实在是值得称赞与羡慕。我在苏州感觉得不很适意的也有一件事，这便是住处。据说苏州旅馆绝不容易找，我们承公家的斡旋得能在乐乡饭店住下，已经大可感谢了，可是老实说，实在不大高明。设备如何都没有关系，就只苦于太热闹，那时我听见打牌声，幸而并不在贴夹壁，更幸而没有拉胡琴唱曲的，否则次日往虎丘去时马车也将坐不稳了。就是像沧浪亭的旧房子也好，打扫几间，让不爱热闹的人可以借住，一面也省得去占忙的房间，妨碍人家的娱乐，倒正是一举两得的事吧。

  在苏州只住了两天，离开苏州已将一年了，但是有些事情还清楚的记得，现在写出来几项以为纪念，希望将来还有机缘再去，或者长住些时光，对于吴语文学的发源地更加以观察与认识也。

闲适是外表,真正的是苦味

山中杂信

一

伏园兄：

我已于本月初退院，搬到山里来了。香山不很高大，仿佛只是故乡城内的卧龙山模样，但在北京近郊，已经要算是很好的山了。碧云寺在山腹上，地位颇好，只是我还不曾到外边去看过，因为须等医生再来诊察一次之后，才能决定可以怎样行动，而且又是连日下雨，连院子里都不能行走，终日只是起卧屋内罢了。大雨接连下了两天，天气也就颇冷了。般若堂里住着几个和尚们，买了许多香椿干，摊在芦席上晾着，这两天的雨不但使他不能干燥，反使他更加潮湿。每从玻璃窗望去，看见廊下摊着湿漉漉的深绿的香椿干，总觉得对于这班和尚们心里很是抱歉似的——虽然下雨并不是我的缘故。

般若堂里早晚都有和尚做功课，但我觉得并不烦扰，而且于我似乎还有一种清醒的力量。清早和黄昏时候的清澈的磬声，仿佛催促我们无所信仰，无所归依的人，拣定一条道路精进向前。我近来的思想动摇与混乱，可谓已至其极了，托尔斯泰的无我爱与尼采的超人，共产主义与善种学，耶佛孔老的教训与科学的例证，我都一样的喜欢尊重，却又不能调和统一起来，造成一条可以行的大路。我只将这各种思想，凌乱的堆在头里，真是乡间的杂货一料店了。——或者世间本来没有思想上的"国道"，也未可知，这件事我常常想到，如今听他们做功课，更使我受了激刺，同他们比较起来，好像上海许多有国籍的西商中间，夹着一个"无领事管束"的西人。至于无领事管束，究竟是好是坏，我还想不明白。不知你以为何如？

寺内的空气并不比外间更为和平。我来的前一天，般若堂里的一个和尚，被方丈差人抓去，说他偷寺内的法物，先打了一顿，然后捆送到城内什么衙门去了。究竟偷东西没有，是别一个问题，但是吊打恐总非佛家所宜。大约现在佛徒的戒律，也同"儒业"的三纲五常一样，早已成为具文了。自己即使犯了永为弃物的波罗夷罪，并无妨碍，只要有权力，便可以处置别人，正如护持名教的人却打他的老父，世间也一点都不以为奇。我们厨房的间壁，住着两个卖汽水的人，也时常吵架。掌柜的回家去了，只剩了两个少年的伙计，连日又下雨，不能出去摆摊，所以更容易争闹起来。前天晚上，他们都不愿意烧饭，互相推诿，始而相骂，终于各执灶上用的铁通条，打仗两次。我听他们叱咤的声音，令我想起《三国志》及《劫后英雄略》等书里所记的英雄战斗或比武时的威势，可是后来战罢，他们两个人一点都不受伤，更是不可思议了。从这两件事看来，你大略可以知道这山上的战氛罢。

因为病在右肋，执笔不大方便，这封信也是分四次写成的。以后再谈罢。

一九二一，六月五日。

二

近日天气渐热，到山里来住的人也渐多了。对面的那三间屋，已于前日租去，大约日内就有人搬来。般若堂两旁的厢房，本是"十方堂"，这块大木牌还挂在我的门口。但现在都已租给人住，以后有游方僧来，除了请到罗汉堂去打坐以外，没有别的地方可以挂单了。

三四天前大殿里的小菩萨，失少了两尊，方丈说是看守大殿的和尚偷卖给游客了，于是又将他捆起来，打了一顿，但是这回不曾送官，因为次晨我又听见他在后堂敲那大木鱼了。（前回被捉去的和尚，已经出来，搬到别的寺里去了。）当时我正翻阅《诸经要集》六度部的忍辱篇，道世大师在述意缘内说道，"……岂容微有触恼，大生嗔恨，乃至角眼相看，恶声厉色，遂加杖木，结恨成怨"，看了不禁苦笑。或者丛林的规矩，方丈本来可以用什么板子打人，但我总觉得有点矛盾。而且如果真照规矩办起来，恐怕应该挨打的却还不是这个所谓偷卖小菩萨的和尚呢。

山中苍蝇之多，真是"出人意表之外"。每到下午，在窗外群飞，嗡嗡作声，仿佛是蜜蜂的排衙。我虽然将风门上糊了冷布，紧紧关闭，但是每一出入，总有几个混进屋里来。各处桌上摊着苍蝇纸，另外又用了棕丝制的蝇拍追着打，还是不能绝灭。英国诗人勃来克有《苍蝇》一诗，将蝇来与无常的人生相比；日本小林一茶的俳句道，"不要打哪！那苍蝇搓他的手，搓他的脚呢。"我平常都很是爱念，但在实际上却不能这样的宽大了。一茶又有一句俳句，序云：

捉到一个虱子，将他掐死固然可怜，要把他舍在门外，让他绝食，也觉得不忍；忽然的想到我佛从前给与鬼子母的东西，成此。

虱子呵，放在和我味道一样的石榴上爬着。

《四分律》云："时有老比丘拾虱弃地，佛言不应，听以器盛若绵拾着中。若虱走出，应作筒盛；若虱出筒，应作盖塞。随其寒暑，加以腻食将养之。"一茶是诚信的佛教徒，所以也如此做，不过用石榴喂他却更妙了。这种殊胜的思想，我也很以为美，但我的心底里有一种矛盾，一面承认苍蝇是与我同具生命的众生之一，但一面又总当他是脚上带着许多有害的细菌，在头上面上爬的痒痒的，一种可恶的小虫，心想除他。这个情与知的冲突，实在是无法调和，因为我笃信"赛老先生"的话，但也不想拿了他的解剖刀去破坏诗人的美的世界，所以在这一点上，大约只好甘心且做蝙蝠派罢了。

对于时事的感想，非常纷乱，真是无从说起，倒还不如不说也罢。
六月二十三日。

三

我在第一信里，说寺内战氛很盛，但是现在情形却又变了。

卖汽水的一个战士，已经下山去了。这个缘因，说来很长。前两回礼拜日游客很多，汽水卖了十多块钱一天，方丈知道了，便叫他们从形势最好的那"水泉"旁边撤退，让他自己来卖。他们只准在荒凉的塔院下及门口去摆摊，生意便很清淡，掌柜的于是实行减政，只留下了一个人做帮手——这个伙计本是做墨盒的，掌柜自己是泥水匠。这主从两人虽然也有时争论，但不至于开起仗来了。方丈似乎颇喜欢吊打他属下的和尚，不过他的法庭离我这里很远，所以并未直接受到影响。此外偶然和尚们喝醉了高粱，高声抗辩，或者为了金钱胜负稍有纠葛，都是随即平静，算不得什么大事。因此般若堂里的空气，近来很是长闲逸豫，令人平矜释躁。这个情形可以意会，不易言传，我如今举出一件琐事来做个象征，你或者可以知其大略。我们院子里，有一群鸡，共五六只，其中公的也有，母的也有。这是和尚们共同养的呢，还是一个人的私产，我都不知道。他们白天里躲在紫藤花底下，晚间被盛入一只小口大腹，像是装香油用的藤篓里面。这篓子似乎是没有盖的，我每天总看见他在柏树下仰天张着口放着。夜里酉戌之交，和尚们擂鼓既罢，各去休息，篓里的鸡便怪声怪气的叫起来。于是禅房里和尚们的"唆，唆——"之声，相继而作。这样以后，篓里与禅房里便复寂然，直到天明，更没有什么惊动。问是什么事呢？答说有黄鼠狼来咬鸡。其实这小口大腹的篓子里，黄鼠狼是不会进去的，倘若掉了下去，他就再逃也出不来了。大约他总是未能忘情，所以常来窥探，不过聊以快意罢了。倘若篓子上加上一个盖，——虽然如上文所说，即使无盖，本来也很安全，——也便可以省得他的窥探。但和尚们永远不加盖，黄鼠狼也便永远要来窥探，以致"三日两头"的引起夜中簝里与禅房里的驱逐。这便是我所说的长闲逸豫的所在。我希望这一节故事，或者能够比那四个抽象的字说明的更多一点。

但是我在这里不能一样的长闲逸豫，在一日里总有一个阴郁的时候，这便是下午清华园的邮差送报来后的半点钟。我的神经衰弱，易于激动，病后更甚，对于略略重大的问题，稍加思索，便很烦躁起来，几乎是发热状态，因此平常十分留心免避。但每天的报里，总是充满着不愉快的事情，见了不免要起烦恼。或者说，既然如此，不看岂不好么？但我又舍不得不看，好像身上有伤的人，明知触着是很痛的，但有时仍是不自禁的要用手去摸，感到新的剧痛，保留他受伤的意识。但苦痛究竟是苦痛，所以也就赶紧丢开，去寻求别的慰解。我此时放下报纸，努力将我的思想遣发到平常所走的旧路上去，——回想近今所看书上的大乘菩萨布施忍辱等六度难行，净土及地狱的意义，或者去搜求游客及和尚们（特别注意于方丈）的轶事。我也不愿再说不愉快的事，下次还不如仍同你讲他们的事情罢。

六月二十九日。

四

近日因为神经不好，夜间睡眠不足，精神很是颓唐，所以好久没有写信，也不曾做诗了。诗思固然不来，日前到大殿后看了御碑亭，更使我诗兴大减。碑亭之北有两块石碑，四面都刻着乾隆御制的律诗和绝句。这些诗虽然很讲究的刻在石上，壁上还有宪兵某君的题词,赞叹他说,"天命乃有移,英风殊难泯!"但我看了不知怎的联想到那塾师给冷于冰看的草稿,将我的创作热减退到近于零度。我以前病中忽发野心,想做两篇小说,一篇叫《平凡的人》,一篇叫《初恋》;幸而到了现在还不曾动手。不然,岂不将使《馍馍赋》不但无独而且有偶么?

我前回答应告诉你游客的故事,但是现在也未能践约,因为他们都从正门出入,很少到般若堂里来的。我看见从我窗外走过的游客,一总不过十多人。他们却有一种公共的特色,似乎对于植物的年龄颇有趣味。他们大抵问和尚或别人道,"这藤萝有多少年了?"答说,"这说不上来。"便又问,"这柏树呢?"至于答案,自然仍旧是"说不上来"了。或者不问柏树的,也要问槐树,其余核桃石榴等小树,就少有人注意了。我常觉得奇异,他们既然如此热心,寺里的人何妨就替各棵老树胡乱定出一个年岁,叫和尚们照样对答,或者写在大木板上,挂在树下,岂不一举两得么?

游客中偶然有提着鸟笼的,我看了最不喜欢。我平常有一种偏见,以为作不必要的恶事的人,比为生活所迫,不得已而作恶者更为可恶;所以我憎恶蓄妾的男子,比那卖女为妾——因贫穷而吃人肉的父母,要加几倍。对于提鸟笼的人的反感,也是出于同一的源流。如要吃肉,便吃罢了(其实飞鸟的肉,于养生上也并非必要);如要赏鉴,在他自由飞鸣的时候,可以尽量的看或听;何必关在笼里,擎着走呢?我以为这同喜欢缠足一样的是痛苦的赏玩,是一种变态的残忍的心理。贤首于《梵网戒疏》盗戒下注云,"善见云,盗空中鸟,左翅至右翅,尾至头,上下亦尔,俱得重罪。准此戒，纵无主，鸟身自为主，盗皆重也。"鸟身自为主，——这句话的精神何等博大深厚，然而又岂是那些提鸟笼的朋友所能了解的呢？

《梵网经》里还有几句话，我觉得也都很好。如云，"若佛子，故食肉，——一切肉不得食。——断大慈悲性种子，一切众生见而舍去。"又云，"一切男子是我父，一切女人是我母，我生生无不从之受生，故六道众生皆我父母。而杀而食者，即杀我父母，亦杀我故身；一切地水，是我先身；一切火风，是我本体。……"我们现在虽然不能再相信六道轮回之说，然而对于这普亲观平等观的思想，仍然觉得他是真而且美。英国勃来克的诗，

　　被猎的兔的每一声叫，

　　撕掉脑里的一枝神经；

　　云雀被伤在翅膀上，

　　一个天使止住了歌唱。

这也是表示同一的思想。我们为自己养生计，或者不得不杀生，但是大慈悲性种子也不可不保存，所以无用的杀生与快意的杀生，都应该免避的。譬如吃醉虾，这也罢了；但是有人并不贪他的鲜味，只为能够将半活的虾夹住，直往嘴里送，心里想道"我吃你！"觉得很快活。这是在那里尝得胜快心的滋味，并非真是吃食了。《晨报》杂感栏里曾登过松年先生的一篇《爱》，我很以他所说的为然。但是爱物也与仁人很有关系，倘若断了大慈悲性种子，如那样吃醉虾的人，于爱人的事也恐怕不大能够圆满的了。

　　七月十四日。

五

近日天气很热，屋里下午的气温在九十度以上。所以一到晚间，般若堂里在院子里睡觉的人，总有三四人之多。他们的睡法很是奇妙，因为蚊子白蛉要来咬，于是便用棉被没头没脑的盖住。这样一来，固然再也不怕蚊子们的勒索，但是露天睡觉的原意也完全失掉了。要说是凉快，却蒙着棉被；要说是通气，却将头直钻到被底下去。那么同在热而气闷的屋里睡觉，还有什么区别呢？有一位方丈的徒弟，睡在藤椅上，挂了一顶洋布的帐子，我以为是防蚊用的了，岂知四面都是悬空，蚊子们如能飞近地面一二尺，仍旧是可以进去的，他的帐子只能挡住从上边掉下来的蚊子罢了。这些奥妙的办法，似乎很有一种禅味，只是我了解不来。

我的行踪，近来已经推广到东边的"水泉"。这地方确是还好，我于每天清早，没有游客的时候，去徜徉一会，赏鉴那山水之美。只可惜不大干净，路上很多气味，——因为陈列着许多《本草》上的所谓人中黄！我想中国真是一个奇妙的国，在那里人们不容易得到营养料，也没有方法处置他们的排泄物。我想象轩辕太祖初入关的时候，大约也是这样情形。但现在已经过了四千年之久了。难道这个情形真已支持了四千年，一点不曾改么？

水泉西面的石阶上，是天然疗养院附属的所谓洋厨房。门外生着一棵白杨树，树干很粗，大约直径有六七寸，白皮斑驳，很是好看。他的叶在没有什么大风的时候，也瑟瑟的响，仿佛是有魔术似的。古诗说，"白杨多悲风，萧萧愁杀人"，非看见过白杨树的人，不大能了解他的趣味。欧洲传说云，耶稣钉死在白杨木的十字架上,所以这树以后便永远颤抖着。……我正对着白杨起种种的空想,有一个七八岁的小西洋人跟着宁波的老妈子走进洋厨房来。那老妈子同厨子讲着话的时候,忽然来了两个小广东人,各举起一只手来,接连的打小西洋人的嘴巴。他的两个小颊,立刻被批的通红了,但他却守着不抵抗主义,任凭他们打去。我的用人看不过意,把他们隔开两回,但那两位攘夷的勇士又冲过去,寻着要打嘴巴。被打的人虽然忍受下去了,但他们把我刚才的浪漫思想也批到不知去向,使我切肤的感到现实的痛。——至于这两个小爱国者的行为,若由我批评,不免要有过激的话,所以我也不再说了。

我每天傍晚到碑亭下去散步,顺便恭读乾隆的御制诗;碑上共有十首,我至少总要读他两首。读之既久,便发生种种感想,其一是觉得语体诗发生的不得已与必要。御制诗中有这几句,如"香山适才游白社,越岭便以至碧云",又"玉泉十丈瀑,谁识此其源",似乎都不大高明。但这实在是旧诗的难做,怪不得皇帝。对偶呀,平仄呀,押韵呀,拘束得非常之严,所以便是奉天承运的真龙也挣扎他不过,只落得留下多少打油的痕迹在石头上面。倘若他生在此刻,抛了七绝五律不做,去做较为自由的新体诗,即使做的不好,也总不至于被人认为"哥罐闻焉嫂棒伤"的蓝本罢。但我写到这里,忽然想到《大江集》等几种名著,又觉得我所说的也未必尽然。大约用文言做"哥罐"的,用白话做来仍是"哥罐",——于是我又想起一种疑问,这便是语体诗的"万应"的问题了。

七月十七日。

六

好久不写信了。这个原因，一半因为你的出京，一半因为我的无话可说。我的思想实在混乱极了，对于许多问题都要思索，却又一样的没有归结，因此觉得要说的话虽多，但不知道怎样说才好。现在决心放任，并不硬去统一，姑且看书消遣，这倒也还罢了。

上月里我到香山去了两趟，都是坐了四人轿去的。我们在家乡的时候，知道四人轿是只有知县坐的，现在自己却坐了两回，也是"出于意表之外"的。我一个人叫他们四位扛着，似乎很有点抱歉，而且每人只能分到两角多钱，在他们实在也不经济；不知道为什么不减作两人呢？那轿杠是杉木的，走起来非常颠播。大约坐这轿的总非有候补道的那样身材，是不大合宜的。我所去的地方是甘露旅馆，因为有两个朋友耽阁在那里，其余各处都不曾去。什么的一处名胜，听说是督办夫人住着，不能去了。我说这是什么督办，参战和边防的督办不是都取消了么。答说是水灾督办。我记得四五年前天津一带确曾有过一回水灾，现在当然已经干了，而且连旱灾都已闹过了（虽然不在天津）。朋友说，中国的水灾是不会了的。黄河不是决口了么。这话的确不错，水灾督办诚然有存在的必要，而且照中国的情形看来，恐怕还非加入官制里去不可呢。

我在甘露旅馆买了一本《万松野人言善录》，这本书出了已经好几年，在我却是初次看见。我老实说，对于英先生的议论未能完全赞同，但因此引起我陈年的感慨，觉得要一新中国的人心，基督教实在是很适宜的。极少数的人能够以科学艺术或社会的运动去替代他宗教的要求，但在大多数是不可能的。我想最好便以能容受科学的一神教把中国现在的野蛮残忍的多神——其实是拜物——教打倒，民智的发达才有点希望。不过有两大条件，要紧紧的守住：其一是这新宗教的神切不可与旧的神的观念去同化，以致变成一个西装的玉皇大帝；其二是切不可造成教阀，去妨害自由思想的发达。这第一第二的覆辙，在西洋历史上实例已经很多，所以非竭力免去不可。——但是，我们昏乱的国民久伏在迷信的黑暗里，既然受不住智慧之光的照耀，肯受这新宗教的灌顶么？不为传统所囚的大公无私的新宗教家，国内有几人呢？仔细想来，我的理想或者也只是空想；将来主宰国民的心的，仍旧还是那一班的鬼神妖怪罢！

我的行踪既然推广到了寺外，寺内各处也都已走到，只剩那可以听松涛的有名的塔上不曾去。但是我平常散步，总只在御诗碑的左近或是弥勒佛前面的路上。这一段泥路来回可一百步，一面走着，一面听着阶下龙嘴里的潺湲的水声（这就是御制诗里的"清波绕砌湲"），倒也很有兴趣。不过这清波有时要不"湲"，其时很是令人扫兴，因为后面有人把他截住了。这是谁做主的，我都不知道，大约总是有什么金鱼池的阔人们罢。他们要放水到池里去，便是汲水的人也只好等着，或是劳驾往水泉去，何况想听水声的呢！靠着这清波的一个朱门里，大约也是阔人，因为我看见他们搬来的前两天，有许多穷朋友头上顶了许多大安乐椅小安乐椅进去。以前一个绘画的西洋人住着的时候，并没有什么门禁，东北角的墙也坍了，我常常去到那里望对面的山景和在溪滩积水中洗衣的女人们。现在可是截然的不同了，倒墙从新筑起，将真山关出门外，却在里面叫人堆上许多石头（抬这些石头的人们，足足有三天，在我的窗前络绎的走过），叫做假山，一面又在弥勒佛左手的路上筑起一堵泥墙，于是我真山固然望不见，便是假山也轮不到看。那些阔人们似乎以为四周非有墙包围着是不能住人的。我远望香山上迤逦的围墙，又想起秦始皇的万里长城，觉得我所推测的话并不是全无根据的。

还有别的见闻，我曾做了两篇《西山小品》，其一曰《一个乡民的死》，其二曰《卖汽水的人》，将他记在里面。但是那两篇是给日本的朋友们所办的一个杂志作的，现在虽有原稿留下，须等我自己把它译出方可发表。

九月三日，在西山。

济南道中

伏园兄,你应该还记得"夜航船"的趣味罢?这个趣味里的确包含有些不很优雅的非趣味,但如一切过去的记忆一样,我们所记住的大抵只是一些经过时间熔化变了形的东西,所以想起来还是很好的趣味。我平素由绍兴往杭州总从城里动身(这是二十年前的话了),有一回同几个朋友从乡间趁船,这九十里的一站路足足走了半天一夜;下午开船,傍晚才到西郭门外,于是停泊,大家上岸吃酒饭。这很有牧歌的趣味,值得田园画家的描写。第二天早晨到了西兴,埠头的饭店主人很殷勤地留客,点头说"吃了饭去",进去坐在里面(斯文人当然不在柜台边和"短衣帮"并排着坐)破板桌边,便端出烤虾小炒腌鸭蛋等"家常便饭"来,也有一种特别的风味。可惜我好久好久不曾吃了。

今天我坐在特别快车内从北京往济南去,不禁忽然的想起旧事来。火车里吃的是大菜,车站上的小贩又都关出在木栅栏外,不容易买到土俗品来吃。先前却不是如此,一九〇六年我们乘京汉车往北京应练兵处（那时的大臣是水竹村人）的考试的时候，还在车窗口买到许多东西乱吃，如一个铜子一只的大雅梨，十五个铜子一只的烧鸡之类；后来在什么站买到兔肉，同学有人说这实在是猫，大家便觉得恶心不能再吃，都摔到窗外去了。在日本旅行，于新式的整齐清洁之中（现在对于日本的事只好"清描淡写"地说一句半句，不然恐要蹈邓先生的覆辙），却仍保存着旧日的长闲的风趣。我在东海道中买过一箱"日本第一的吉备团子"，虽然不能证明是桃太郎的遗制，口味却真不坏，可惜被小孩们分吃，我只尝到一两颗，而且又小得可恨。还有平常的"便当"，在形式内容上也总是美术的，味道也好，虽在吃惯肥鱼大肉的大人先生们自然有点不配胃口。"文明"一点的有"冰激凌"，装在一只麦粉做的杯子里，末了也一同咽下去。——我坐在这铁甲快车内，肚子有点饿了，颇想吃一点小食，如孟代故事中王子所吃的，然而现在实属没有法子，只好往餐堂车中去吃洋饭。

我并不是不要吃大菜的。但虽然要吃，若在强迫的非吃不可的时候，也会令人不高兴起来。还有一层，在中国旅行的洋人的确太无礼仪，即使并无什么暴行，也总是放肆讨厌的。即如在我这一间房里的一个怡和洋行的老板，带了一只小狗，说是在天津花了四十块钱买来的；他一上车就高卧不起，让小狗在房内撒尿，忙得车侍三次拿布来擦地板，又不喂饱，任它东张西望，呜呜的哭叫。我不是虐待动物者，但见人家昵爱动物，搂抱猫狗坐车坐船，妨害别人，也是很嫌恶的；我觉得那样的昵爱正与虐待同样地是有点兽性的。洋人中当然也有真文明人，不过商人大抵不行，如中国的商人一样。中国近来新起一种"打鬼"——便是打"玄学鬼"与"直脚鬼"——的倾向,我大体上也觉得赞成,只是对于他们的态度有点不能附和。我们要把一切的鬼或神全数打出去,这是不可能的事,更无论他们只是拍令牌,念退鬼咒,当然毫无功效,只足以表明中国人术士气之十足,或者更留下一点恶因。我们所能做,所要做的,是如何使玄学鬼或直脚鬼不能为害。我相信,一切的鬼都是为害的,倘若被放纵着,便是我们自己"曲脚鬼"也何尝不如此。……人家说,谈天谈到末了,一定要讲到下作的话去,现在我却反对地谈起这样正经大道理来,也似乎不大合式,可以不再写下去了罢。十三年五月三十一日,津浦车中。

济南道中之二

过了德州，下了一阵雨，天气顿觉凉快，天色也暗下来了。室内点上电灯，我向窗外一望，却见别有一片亮光照在树上地上，觉得奇异，同车的一位宁波人告诉我，这是后面护送的兵车的电光。我探头出去，果然看见末后的一辆车头上，两边各有一盏灯（这是我推想出来的，因为我看的只是一边）射出光来，正如北京城里汽车的两只大眼睛一样。当初我以为既然是兵车的探照灯，一定是很大的，却正出于意料之外，它的光只照着车旁两三丈远的地方，并不能直照见树林中的贼踪。据那位买办所说，这是从去年故孙美瑶团长在临城做了那"算不得什么大事"之后新增的，似乎颇发生效力，这两道神光真吓退了沿路的毛贼，因为以后确不曾出过事，而且我于昨夜也已安抵济南了。但我总觉得好笑，这两点光照在火车的尾巴头，好像是夏夜的萤火，太富于诙谐之趣。我坐在车中，看着窗外的亮光从地面移在麦子上，从麦子移到树叶上，心里起了一种离奇的感觉，觉得似危险非危险，似平安非平安，似现实又似在做戏，仿佛眼看程咬金腰间插着两把纸糊大板斧在台上踱着时一样。我们平常有一句话，时时说起却很少实验到的，现在拿来应用，正相适合，——这便是所谓浪漫的境界。

十点钟到济南站后，坐洋车进城，路上看见许多店铺都已关门——都上着"排门"，与浙东相似。我不能算是爱故乡的人，但见了这样的街市，却也觉得很是喜欢。有一次夏天，我从家里往杭州，因为河水干涸，船只能到牛屎浜，在早晨三四点钟的时分坐轿出发，通过萧山县城；那时所见街上的情形，很有点与这回相像。其实绍兴和南京的夜景也未尝不如此，不过徒步走过的印象与车上所见到底有些不同，所以叫不起联想来罢了。城里有好些地方也已改用玻璃门，同北京一样，这是我今天下午出去看来的。我不能说排门是比玻璃门更好，在实际上玻璃门当然比排门要便利得多。但由我旁观地看去，总觉得旧式的铺门较有趣味。玻璃门也自然可以有它的美观，可惜现在多未能顾到这一层，大都是粗劣潦草，如一切的新东西一样。旧房屋的粗拙，全体还有些调和，新式的却只见轻率凌乱这一点而已。

今天下午同四个朋友去游大明湖，从鹊华桥下船。这是一种"出坂船"似的长方的船，门窗做得很考究，船头有匾一块，文云"逸兴豪情"，——我说船头，只因它形势似船头，但行驶起来，它却变了船尾，一个舟子便站在那里倒撑上去。他所用的家伙只是一支天然木的篙，不知是什么树，剥去了皮，很是光滑，树身却是弯来扭去的并不笔直；他拿了这件东西，能够使一只大船进退回旋无不如意，并且不曾遇见一点小冲撞，在我只知道使船用桨橹的人看了不禁着实惊叹。大明湖在《老残游记》里很有一段描写，我觉得写不出更好的文章来，而且你以前赴教育改进社年会时也曾到过，所以我可以不絮说了。我也同老残一样，走到历下亭铁公祠各处，但可惜不曾在明湖居听得白妞说梨花大鼓。我们又去看"大帅张少轩"捐赀倡修的曾子固的祠堂，以及张公祠，祠里还挂有一幅他的"门下子婿"的长髯照相和好些"圣朝柱石"等等的孙公德政牌。随后又到北极祠去一看，照例是那些塑像，正殿右侧一个大鬼，一手倒提着一个小妖，一手掐着一个，神气非常活现，右脚下踏着一个女子，它的脚跟正落在腰间，把她踹得目瞪口呆，似乎喘不过气来，不知是到底犯了什么罪。大明湖的印象仿佛像南京的玄武湖，不过这湖是在城里，很是别致。清人铁保有一联云，"四面荷花三面柳，一城山色半城湖"，实在说得很好（据老残说这是铁公祠大门的楹联，现今却已掉下，在享堂内倚墙放着了），虽然我们这回看不到荷花，而且湖边渐渐地填为平地，面积大不如前，水路也很窄狭，两旁变了私产，一区一区地用苇塘围绕，都是人家种蒲养鱼的地方，所以《老残游记》里所记千佛山倒影入湖的景象已经无从得见，至于"一声渔唱"尤其是听不到了。但是济南城里有一个湖，即使较前已经不如，总是很好的事；这实在可以代一个大公园，而且比公园更为有趣，于青年也很有益，我遇见好许多船的学生在湖中往来，比较中央公园里那些学生站在路边等看头发像鸡窠的女人要好得多多，——我并不一定反对人家看女人，不过那样看法未免令人见了生厌。这一天的湖逛得很快意，船中还有王君的一个三岁的小孩同去，更令我们喜悦。他从宋君手里要蒲桃干吃，每拿几颗例须唱一出歌加以跳舞,他便手舞足蹈唱"一二三四"给我们听,交换五六个蒲桃干,可是他后来也觉得麻烦,便提出要求,说"不唱也给我罢"。他是个很活泼可爱的小人儿,而且一口的济南话,我在他口中初次听到"俺"这一个字活用在言语里,虽然这种调子我们从北大徐君的话里早已听惯了。六月一日,在"家家泉水户户垂杨"的济南城内。

济南道中之三

六月二日午前,往工业学校看金线泉。这天正下着雨,我们乘暂时雨住的时候,踏着湿透的青草,走到石池旁边,照着老残的样子侧着头细看水面,却终于看不见那条金线,只有许多水泡,像是一串串的珍珠,或者还不如说水银的蒸汽,从石隙中直冒上来,仿佛是地下有几座丹灶在那里炼药。池底里长着许多植物,有竹有柏,有些不知名的花木,还有一株月季花,带着一个开过的花蒂:这些植物生在水底,枝叶青绿,如在陆上一样,到底不知道是怎么一回事。金线泉的邻近,有陈遵留客的投辖井,不过现在只是一个六尺左右的方池,辖虽还可以投,但是投下去也就可以取出来了。次到趵突泉,见大池中央有三股泉水向上喷涌,据《老残游记》里说翻出水面有二三尺高,我们看见却不过尺许罢了。池水在雨后颇是浑浊,也不曾流得"汨汨有声",加上周围的石桥石路以及茶馆之类,觉得很有点像故乡的脂沟汇——传说是越王宫女倾脂粉水,汇流此地,现在却俗称"猪狗汇",是乡村航船的聚会地了。随后我们往商埠游公园,刚才进门雨又大下,在茶亭中坐了许久,等雨霁后再出来游玩,园中别无游客,容我们三人独占全园,也是极有趣味的事。公园本不很大,所以便即游了,里边又别无名胜古迹,一切都是人工的新设,但有一所大厅,门口悬着匾额,大书曰"畅趣游情,马良撰并书",我却瞻仰了好久。我以前以为马良将军只是善于打什么拳的人,现在才知道也很有风雅的趣味,不得不陈谢我当初的疏忽了。

此外我不曾往别处游览,但济南这地方却已尽够中我的意了。我觉得北京也很好,只是太多风和灰土,济南则没有这些;济南很有江南的风味,但我所讨厌的那些东南的脾气似乎没有(或未免有点速断?),所以是颇愉快的地方。然而因为端午将到,我不能不赶快回北京来,于是在五日午前二时终于乘了快车离开济南了。

我在济南四天,讲演了八次。范围题目都由我自己选定,本来已是自由极了,但是想来想去总觉得没有什么可讲,勉强拟了几个题目,都没有十分把握,至于所讲的话觉得不能句句确实,句句表现出真诚的气氛来,那是更不必说了。就是平常谈话,也常觉得自己有些话是虚空的,不与心情切实相应,说出时便即知道,感到一种恶心的寂寞,好像是嘴里尝到了肥皂。石川啄木的短歌之一云:

不知怎地,

总觉得自己是虚伪之块似的,

将眼睛闭上了。

这种感觉,实在经验了好许多次。在这八个题目之中,只有末了的"神话的趣味"还比较的好一点;这并非因为关于神话更有把握，只因世间对于这个问题很多误会，据公刊的文章上看来，几乎尚未有人加以相当的理解，所以我对于自己的意见还未开始怀疑，觉得不妨略说几句。我想神话的命运很有点与梦相似。野蛮人以梦为真，半开化人以梦为兆，"文明人"以梦为幻，然而在现代学者的手里，却成为全人格之非意识的显现；神话也经过宗教的，"哲学的"以及"科学的"解释之后，由人类学者解救出来，还他原人文学的本来地位。中国现在有相信鬼神托梦魂魄入梦的人，有求梦占梦的人，有说梦是妖妄的人，但没有人去从梦里寻出他情绪的或感觉的分子，若是"满愿的梦"则更求其隐密的动机，为学术的探讨者；说及神话，非信受则排斥，其态度正是一样。我看许多反对神话的人虽然标榜科学，其实他的意思以为神话确有信受的可能，倘若不是竭力抗拒；这正如性意识很强的道学家之提倡戒色，实在是两极相遇了。真正科学家自己既不会轻信，也就不必专用攻击，只是平心静气地研究就得，所以怀疑与宽容是必要的精神，不然便是狂信者的态度，非耶者还是一种教徒，非孔者还是一种儒生，类例很多。即如近来反对太戈尔运动也是如此，他们自以为是科学思想与西方化，却缺少怀疑与宽容的精神，其实仍是东方式的攻击异端：倘若东方文化里有最大的毒害，这种专制的狂信必是其一了。不意话又说远了，与济南已经毫无关系，就此搁笔，至于神话问题说来也嫌唠叨，改日面谈罢。

北平的好坏

不佞住在北平已有二十个年头了。其间曾经回绍兴去三次，往日本去三次，时间不过一两个月，又到过济南一次，定县一次，保定两次，天津四次，通州三次，多则五六日，少或一天而已。因此北平于我的确可以算是第二故乡，与我很有些情分，虽然此外还有绍兴，南京，以及日本东京，我也住过颇久。绍兴是我生长的地方，有好许多山水风物至今还时时记起，如有闲暇很想记述一点下来，可是那里天气不好，寒暑水旱的时候都有困难，不甚适于住家。南京的六年学生生活也留下好些影响与感慨，背景却是那么模糊的，我对于龙蟠虎踞的钟山与浩荡奔流的长江总没有什么感情，自从一九〇六年肩铺盖出仪凤门之后，一直没有进城去瞻礼过，虽似薄情实在也无怪的。东京到底是人家的国土，那是另外的一件事情。归根结底在现今说来还是北平与我最有关系，从前我曾自称京兆人，盖非无故也，不过这已是十年前的事了，现在不但不是国都，而且还变了边塞，但是我们也能爱边塞，所以对于北平仍是喜欢，小孩们坐惯的破椅子被决定将丢在门外，落在打小鼓的手里，然而小孩的舍不得之情故自深深地存在也。

我说喜欢北平，究竟北平的好处在那里呢？这条策问我一时有点答不上来，北平实在没有什么了不得的好处。我们可以说的，大约第一是气候好吧。据人家说，北平的天色特别蓝，太阳特别猛，月亮也特别亮。习惯了不觉得，有朋友到江浙去一走，或是往德法留学，便很感着这个不同了。其次是空气干燥，没有那泛潮时的不愉快，于人的身体总当有些益处。民国初年我在绍兴的时候，每到夏天，玻璃箱里的几本洋书都长上白毛，有些很费心思去搜求来的如育珂的《白蔷薇》，因此书面上便有了"白云风"似的瘢痕，至今看了还是不高兴。搬到北京来以后，这种毛病是没有了，虽然瘢痕不会消灭，那也是没法的事。第二，北平的人情也好，至少总可以说是大方。大方，这是很不容易的，因为这里边包含着宽容与自由。我觉得世间最可怕的是狭隘，一切的干涉与迫害就都从这里出来的。中国人的宿疾是外强中干，表面要摆架子，内心却无自信，随时怀着恐怖，看见别人一言一动，便疑心是在骂他或是要危害他，说是度量窄排斥异己，其实是精神不健全的缘故。小时候遇见远亲里会拳术的人，因为有恃无恐，取人己两不犯的态度，便很显得大方，从容。北平的人难道都会打拳，但是总有那么一种空气，使居住的人觉得安心，不像在别的都市仿佛已严密地办好了保甲法，个人的举动都受着街坊的督察，仪式起居的一点独异也会有被窥伺或告发的可能。中国的上上下下的社会都不扫自己门前的雪，却专管人家屋上的霜，不惜踏碎邻家的瓦或爬坍了墙头，因此如有不是那么做的，也总是难得而可贵了。从别一方面说，也可以说这正是北平的落伍，没有统制。不过天下事本不能一律而论，有喜欢统制人或被统制的，也有都不喜欢的，这有如宗教信仰，信徒对了菩萨叩头如捣蒜，用神方去医老太爷的病，在少信的人无妨看作泥塑木雕的偶像，根据保护信教自由的法令，固然未便上前捣毁，看了走开，回到无神的古庙去歇宿，只好各行其是耳。

北平也有我所不喜欢的东西，第一就是京戏。小时候看过些敬神的社戏，戏台搭在旷野中间，不但看的人自由来去，锣鼓声也不大喧闹，乡下人又只懂得看，即使不单赏识斤斗翻得多，也总要看这里边的故事，唱得怎么是不大有人理会的。乙巳（一九〇五）的冬天与二十三个同学到北京练兵处来应留学考试，在西河沿住过一个月，曾经看了几次戏，租看的红纸戏目，木棍一样窄的板凳，台上扮演的丫鬟手淫，都还约略有点记得。查那时很简单的北行日记，还剩有这几条记录：

十二月初九日，下午偕公岐采卿椒如至中和园观剧，见小叫天演时，已昏黑矣。

初十日，下午偕公岐椒如至广德楼观剧，朱素云演《黄鹤楼》，朱颇通文墨云。

十六日，下午同采卿访榆荪，见永嘉胡俨庄君，同至广德楼观剧。

三十二年中人事变迁得很多，榆荪当防疫处长，染疫而殁，已在十多年前，椒如为渤海舰队司令，为张宗昌所杀，徐柯二君亦久不通音信了，我自己有三十年以上不曾进戏园，也可以算是一种改变吧。

我厌恶中国旧剧的理由有好几个。其一，中国超阶级的升官发财多妻的腐败思想随处皆是，而在小说戏文里最为浓厚显著。其二，虚伪的仪式，装腔作势，我都不喜欢，觉得肉麻，戏台上的动作无论怎么有人赞美，我总看了不愉快。其三，唱戏的音调，特别是非戏子的在街上在房中的清唱，不知怎的我总觉得与八股鸦片等有什么关系，有一种麻痹性，胃里不受用。至于金革之音，如德国性学大师希耳息弗尔特在他的游记《男与女》第二十四节中所说，"乐人在铜锣上打出最高音"，或者倒还在其次，因为这在中国不算最闹也。游记同节中云：

　　中国人的听觉神经一定同我们构造得不同，这在一个中国旅馆里比在中国戏园还更容易看出来。

由是观之，铜锣的最高音究竟还是乐人所打的，比旅馆里的通夜蜜蜂窠似的哄哄然终要胜一筹也。

我反对旧剧的意见不始于今日，不过这只是我个人的意见，自己避开戏园就是了，也本不必大声疾呼，想去警世传道，因为如上文所说，趣味感觉各人不同，往往非人力所能改变，固不特鸦片小脚为然也。但是现在情形有点不同了，自从无线电广播发达以来，出门一望但见四面多是歪斜碎裂的竹竿，街头巷尾充满着非人世的怪声，而其中以戏文为多，简直使人无所逃于天地之间，非硬听京戏不可，此种压迫实在比苛捐杂税还要难受。中国不知从那一年起，唱歌的技术永远失传了，唐宋时妓女能歌绝句和词，明有擘破玉、打草竿、挂枝儿等，清朝窑姐儿也有窑调的小曲，后来忽地消灭，至今自上至下都只会唱戏，我无闲去打茶围，惭愧不知道八大胡同唱些什么，但看酒宴余兴，士大夫无复念唐诗或试帖者，大都高歌某种戏剧一段，此外白昼无聊以及黑夜怕鬼的走路人口中哼哼有词，也全是西皮二黄而非十杯酒儿，可知京戏已经统制了中国国民的感情了。无线电台专门转播戏园里的音乐正无足怪，而且本是很顺舆情的事，不幸城门失火殃及池鱼，要叫我硬听这些我所不要听的东西，即使如德国老博士在旅馆一样用棉花塞了耳朵孔也还是没用，有时真使人感到道地的绝望。俗语云，黄连树下弹琴，苦中作乐。中国人很有这样精神，大家装上无线电，那些收音机却似乎都从天桥地摊上买来的，恐怕不过三四毛一个，发出来的声音老是那么古怪，似非人间世所有。这不但是戏文，便是报告也都是如此，声音苍哑涩滞，声调局促呆板，语句固然难听懂，只觉得嘈杂不好过。看画报上所载，电台里有好几位漂亮的女士管放送的事，不知道什么时候才开口，为什么我们现在所听见的总是这样难听的古怪话呢。我有时候听了不禁消极，心想中国话果真是如此难听的一种言语么？我不敢相信，但耳边听着这样的话，实在觉得十分难听。我想到，中国现今各方面似乎都缺少人。我又想到，中国接收外来文化往往不善利用，弄得反而丑恶讨厌。无线电是顶好的一个例。这并不限定是北平一地方的事，但是因北平的事实而感到，所以也就算在他的账上了。

  总而言之，我对于北平大体上是很喜欢的，他的气候与人情比别处要好些，宜于居住，虽然也有缺点，如无线电广播的难听，其次是多风尘，变成了边塞。这真是一把破椅子了，放在门外边，预备给打小鼓的拿去，这个时候有人来出北平特辑，未免有点不识时务吧，但是我们在北平的人总是很感激的，我之不得不于烦忙中特为写此小文者盖亦即以表此感激之意也。

游日本杂感

我的再到日本与第一次相隔九年，大略一看，已觉得情形改变了不少。第一是思想界的革新，一直从前本来也有先觉的议论家和实行家，只是居极少数，常在孤立的地位，现在的形势，却大抵出于民众的觉醒，所以前途更有希望。我以为明治的维新，在日本实是一利一害。利的是因此成了战胜的强国，但这强国的教育，又养成一种谬误思想，很使别人受许多迷惑，在自己也有害。这道理本极了然，近来各方面发起一种运动，便想免去这害。其实也不单为趋利避害起见，正是时代精神的潮流，谁也不能违抗。所以除了黎明会福田博士的日本主义之外，也颇有不再固执国家主义的人，大学生的新人会尤有新进锐气。日本思想界情形，似乎比中国希望更大，德谟克拉西的思想，比在"民主"的中国更能理解传达，而且比我们也更能觉察自己的短处，这在日本都是好现象。但如上文所说，日本因为五十年来德国式的帝国主义教育，国民精神上已经很受斲丧，中国却除了历史的因袭以外，制度教育上几乎毫无新建设，虽然得不到维新的利，也还没有种下什么障碍，要行改革可望彻底。譬如建筑，日本是新造的假洋房，中国却还是一片废址，要造真正适于居住的房屋，比将假洋房修改，或者更能得满足的结果。我们所希望的，便是不要在这时期再造假洋房，白把地基糟塌。幸而从时势上看来，这假洋房也断然不能再造，不过我们警告工程师，请他们注意罢了。六月间美国杜威博士在北京讲演教育，也说到这一事。杜威博士到中国才几礼拜，就看出中国这唯一的优点，他的犀利的观察，真足教我们佩服了。

日本近来的物价增加，是很可注意的事。白米每石五六十元，鸡蛋每个金七八钱，毛豆一束七十余钱，在中国南方只值三四分银罢了。大约较七八年前百物要贵到三倍，然而人民的收入不能同样增加，所以很觉为难，所谓无产阶级的"生活难"的呼声，也就因此而起了。若在东京并且房屋缺乏，雇工缺乏，更是困难。几个人会见，总提起寻不到住房的苦，使女的工钱从前是两三元，现在时价总在六七元以上，尚且无人应雇，许多人家急于用人，至于用悬赏的方法，倘若绍介所能为他寻到适用的使女，除报酬外，另给赏金十元。欧战时候，有几种投机事业，很得利益，凭空出了大大小小的许多成金（Narikin即暴发财主），一方面大多数的平民却因此在生活上很受影响。平常佣工度日的人，都去进了工场，可以多得几文工资，所以工人非常增加，但现在的工场生活，也决不是人的正当生活，而且所得又仅够"自手至口"（大抵独身的人进了工场，所得可以自养，有家眷的男子便不够了）。因此罢业罢工，时有所闻。我在东京最后这几天，正值新闻印刷工同盟罢工，多日没有报看，后来听说不久解决，职工一面终于失败，这也本是意中事，无足怪的。日本近来对于劳动问题也渐渐注意，但除了几个公正明白的人（政府及资本家或以为是危险人物，也未可知）以外，多还迷信着所谓温情主义，想行点"仁政"，使他们感恩怀惠，不再胡闹。这种过时的方策，恐怕没有什么功效，人虽"不单靠着面包生活"，然而也少不了面包，日本纵然讲武士道，但在现今想叫劳动者枵腹从公，尽臣仆之分，也未免太如意了。

成金增加，一方面便造成奢侈的风气。据报上说，中元赠答，从前不过数元的商品券，现在是五十元百元是常例，五百元也不算希奇。又据三越白木等店说，千元一条带，五千元一件单衣，卖行很好，以前虽有人买，不过是大仓等都会的大财主，现在却多从偏僻地方专函定买，很不同了。有些富翁买尽了邻近的几条街，将所有住民都限期勒迁，改作他的"花园"；或在别庄避暑，截住人家饮水的来源，引到自己的花园里，做几条瀑布看看，这都是我在东京这十几日间听到的事。日本世代相传的华族，在青年眼中，已经渐渐失了威严，那些暴发户的装腔作势，自然也不过买得平民的反感。成金这两个字里面，含有多量的轻蔑与憎恶，我在寓里每听得汽车飞过，呜呜的叫，邻近的小儿便学着大叫"Korosuzo Korosuzo!"（杀呀杀呀！）说汽车的叫声是这样说。阔人的汽车的功用，从平民看来，还不是载这肥重的实业家，急忙去盘算利益的，乃是一种借此在路上伤人的凶器，仿佛同军阀们所倚恃的枪刺一样。阶级的冲突，决不是好事，但这一道沟，现在不但没有人想填平，反自己去掘深他，真是可惜之至了。

人常常说，日本国民近来生活程度增高，这也是事实。贵族富豪的奢侈，固然日甚一日，还有一班官吏与绅士之流，也大抵竭力趋时，借了物质文明来增重他的身价，所以火车一二等的乘客，几乎坐席皆满，心里所崇拜的虽然仍是武士与艺妓，表面上却很考究，穿了时式洋服，吃大菜，喝白兰地酒，他们的生活程度确是高了。但事情也不能一概而论，一等乘客固然无一不是绅士，到了二等，便有穿和服，吃辨当的人了；口渴时花一枚五钱的白铜货买一壶茶喝，然而也常常叫车侍拿一两瓶汽水。若在三等车中，便大不同，有时竟不见一个着洋服（立领的也没有）的人，到了中午或傍晚，也不见食堂车来分传单，说大餐已备，车侍也不来照管，每到一个较大的站，只见许多人从车窗伸出头去，叫买辨当及茶，满盘满篮的饭包和茶壶，一转眼便空了，还有若干人买不到东西，便须忍了饥渴到第二站。卖食物的人，也只聚在三等或二等窗外，一等车前决不见有卖辨当的叫喊，因为叫喊了也没有人买。穿了Frockcoat，端坐着吃冷饭，的确有点异样，从"上等"人看来，是失体统的，因此三等乘客纵使接了大餐的传单，也照样不敢跑进食堂里去。（别的原因也或为钱，或怕坐位被人占去。）这各等车室，首尾相衔的接着，里面空气却截然不同，也可以算得一件奇事了。但由我看来，三等车室虽然略略拥挤，却比一等较为舒服，因为在这一班人中间，觉得颇平等，不像"上等"人的互相轻蔑疏远。有一次我从门司往大阪，隔壁的车位上并坐着两个农夫模样的人，一个是日本人，一个是朝鲜人，看他们容貌精神上，原没有什么分别，不过朝鲜的农人穿了一身哆啰麻的短衫裤，留着头发梳了髻罢了。两人并坐着睡觉，有时日本人弯过手来，在朝鲜人腰间碰了一下，过一刻朝鲜人又伸出脚来，将日本人的腿踢了一下，两人醒后各自喃喃的不平，却终于并坐睡着，正如淘气的两个孩子，相骂相打，但也便忘了。我想倘使这朝鲜人是"上等"人，走进一等室，端坐在绅士队中，恐怕那种冰冷的空气，更要难受。波兰的小说家曾说一个贵族看人好像是看一张碟子，我说可怕的便是这种看法。

我到东京，正是中国"排日"最盛的时候，但我所遇见的人，对于这事，却没有一人提及。这运动的本意，原如学生联合会宣言所说，这是排斥侵略的日本，那些理论的与实行的侵略家（新闻记者，官僚，学者，政治家，军阀等），我们本没有机会遇到，相见的只有平民，在一种意义上，也是被侵略者，所以他们不用再怕被排，也就不必留意。他们里边那些小商人，手艺职工，劳动者，大抵是安分的人，至于农夫，尤爱平和，他们望着丰收的稻田，已很满足，决不再想到全中国全西伯利亚的土地。但其中也有一种人，很可嫌憎，这就是武士道的崇拜者。他们并不限定是那一行职业，大抵满口浪花节（一种歌曲，那特色是多半颂扬武士的故事），对人说话，也常是"吾乃某某是也""这厮可恼"这类句子，举动也仿佛是台步一般，就表面上说，可称一种戏迷，他的思想，是通俗的侵略主义。《星期评论》八号内戴季陶先生说及日本浪人的恶态，也就可以当作他们的代表。这种"小军阀"不尽是落伍的武士出身，但在社会上鼓吹武力主义，很有影响，同时又妄自尊大，以好汉自居，对于本国平民也很无礼。所以我以为在日本除侵略家以外，只有这种人最可厌恶，应得排斥。他们并不直接受过武士道教育，那种谬误思想，都从浪花节，义太夫（也是一种歌曲）与旧剧上得来，这些"国粹"的艺术实在可怕。我想到中国人所受旧戏的毒害，不禁叹息，真可谓不约而同的同病了。

日本有两件事物，游历日本的外国人无不说及，本国人也多很珍重，就是武士（Samurai）与艺妓（Geisha）。国粹这句话，本来很足以惑人，本国的人对于这制度习惯了，便觉很有感情，又以为这种奇事的多少，都与本国荣誉的大小有关，所以热心拥护；外国人见了新奇的事物，不很习惯，也便觉很有趣味，随口赞叹，其实两者都不尽正当。我们虽不宜专用理性，破坏艺术的美，但也不能偏重感情，乱发时代错误的议论。武士的行为，无论做在小说戏剧里如何壮烈，如何华丽，总掩不住这一件事实，武士是卖命的奴隶。他们为主君为家名而死，在今日看来已经全无意义，只令人觉得他们做了时代的牺牲，是一件可悲的事罢了。艺妓与游女是别一种奴隶的生活，现在本应该早成了历史的陈迹了，但事实却正相反，凡公私宴会及各种仪式，几乎必有这种人做装饰，新吉原游廓的夜樱，岛原的太夫道中（太夫读作Tayu，本是艺人的总称，后来转指游女，游廓旧例，每年太夫盛装行道一周，称为道中），变成地方的一种韵事，诗人小说家画家每每赞美咏叹，流连不已，实在不很可解。这些不幸的人的不得已的情况，与颓废派的心情，我们可以了解，但决不以为是向人生的正路，至于多数假颓废派，更是"无病呻吟"，白造成许多所谓游荡文学，供饱暖无事的人消闲罢了。我们论事都凭个"我"，但也不可全没杀了我中的"他"，那些世俗的享乐，虽然满足了我的意，但若在我的"他"的意识上有点不安，便不敢定为合理的事。各种国粹，多应该如此判断的。

芳贺矢一（Y. Haga）著的《国民性十论》除几篇颂扬武士道精神的以外，所说几种国民性的优点，如爱草木喜自然，淡泊潇洒，纤丽纤巧等，都很确当。这国民性的背景，是秀丽的山水景色，种种优美的艺术制作，便是国民性的表现。我想所谓东方文明的里面，只这美术是永久的荣光，印度中国日本无不如此，我未曾研究美术，日本的绘画雕刻建筑，都不能详细绍介，不过表明对于这荣光的礼赞罢了。中国的古艺术与民间艺术，我们也该用纯真的态度，加以研究，只是现在没有担任的人，又还不是时候，大抵古学兴盛，多在改造成功之后，因为这时才能觉到古文化的真正的美妙与恩惠，虚心鉴赏，与借此做门面说国粹的不同。日本近来颇有这种自觉的研究，但中国却不能如此，须先求自觉，还以革新运动为第一步。

俄国诗人Balimon氏二年前曾游日本，归国后将他的印象谈在报上发表，对于日本极加赞美，篇末说："日本与日本人都爱花。——日出的国，花的国。"他于短歌俳句锦绘象牙细工之外，虽然也很赏赞武士与艺妓，但这一节话极是明澈——

> 日本人对于自然，都有一种诗的崇拜，但一方面又是理想的勤勉的人民。他们很多的劳动，而且是美术的劳动。有一次我曾见水田里的农夫劳作的美，不觉坠泪。他们对于劳动对于自然的态度，都全是宗教的。

这话说得很美且真。《星期评论》八号季陶先生文中，也有一节说——

> 只有乡下的农夫，是很可爱的。平和的性格，忠实的真情，朴素的习惯，勤俭的风俗，不但和中国农夫没有两样，并且比中国江浙两省乡下的风习要好得多。

我访日向的新村时，在乡间逗留了几日，所得印象也约略如此。但这也不仅日本为然，我在江浙走路，在车窗里望见男女耕耘的情形，时常生一种感触，觉得中国的生机还未灭尽，就只在这一班"四等贫民"中间。但在江北一带，看男人着了鞋袜，懒懒的在黄土上种几株玉蜀黍，却不能引起同一的感想，这半因为单调的景色不能很惹诗的感情，大半也因这工作的劳力不及耕种水田的大，所以自然生出差别，与什么别的地理的关系是全不相干的。

我对于日本平时没有具体的研究，这不过临时想到的杂感，算不得"觇国"的批评。我们于日本的短处加之指摘，但他的优美的特长也不能不承认，对于他的将来的进步尤有希望。日本维新前诸事多师法中国，养成了一种"礼教"的国，在家庭社会上留下种种祸害，维新以来诸事师法德国，便又养成了那一种"强权"的国，又在国内国外种下许多别的祸害。现在两位师傅——中国与德国——本身，都已倒了，上谕家训的"文治派"，与黑铁赤血的"武力派"，在现今时代都已没有立脚的地位了，日本在这时期，怎样做呢？还是仍然拿着两处废址的残材，支拄旧屋？还是别寻第三个师傅，去学改筑呢？为邻国人民的利益计，为本国人民的利益计，我都希望——而且相信日本的新人能够向和平正当的路走去。第三个师傅当能引导人类建造"第三国土"——地上的天国——实现人间的生活，日本与中国确有分享这幸福的素质与机会。——这希望或终于是架空的"理想"，也未可知，但在我今日是一种颇强固的信念。

怀东京

我写下这个题目,便想起谷崎润一郎在《摄阳随笔》里的那一篇《忆东京》来。已有了谷崎氏的那篇文章,别人实在只该搁笔了,不佞何必明知故犯的来班门弄斧呢。但是,这里有一点不同。谷崎氏所忆的是故乡的东京,有如父师对于子弟期望很深,不免反多责备,虽然溺爱不明,不知其子之恶者世上自然也多有。谷崎文中云:

> 看了那尾上松之助的电影,实在觉得日本人的戏剧,日本人的面貌都很丑恶,把那种东西津津有味的看着的日本人的头脑与趣味也都可疑,自己虽生而为日本人却对于这日本的国土感觉到可厌恶了。

从前堀口大学有一首诗云:

> 在生我的国里
> 反成为无家的人了。
> 没有人能知道罢——

将故乡看作外国的

我的哀愁。

正因为对于乡国有情,所以至于那么无情似的谴责或怨嗟。我想假如我要写一篇论绍兴的文章,恐怕一定会有好些使得乡友看了皱眉的话,不见得会说错,就只是严刻,其实这一点却正是我所有对于故乡的真正情愫。对于故乡,对于祖国,我觉得不能用今天天气哈哈哈的态度。若是外国,当然应当客气一点才行,虽然无须瞎恭维,也总不必求全责备,以至吹毛求疵罢。这有如别人家的子弟,只看他清秀明慧处予以赏识,便了吾事。世间一般难得如此,常有为了小儿女玩耍相骂,弄得两家妈妈扭打,都滚到泥水里去,如小报上所载,又有"白面客"到瘾发时偷街坊的小孩送往箕子所开的"白面房子"里押钱,也是时常听说的事。(门口的电灯电线,铜把手,信箱铜牌,被该客借去的事尤其多了,寒家也曾经验,至今门口无灯也。)所以对于别国也有断乎不客气者,不过这些我们何必去学乎。

我曾说过东京是我第二故乡,但是他究竟是人家的国土,那么我的态度自然不能与我对绍兴相同,亦即是与谷崎氏对东京相异,我的文章也就是别一种的东西了。我的东京的怀念差不多即是对于日本的一切观察的基本,因为除了东京之外我不知道日本的生活,文学美术中最感兴趣的也是东京前身的江户时代之一部分。民族精神虽说是整个的,古今异时,变化势所难免,我们无论怎么看重唐代文化的平安时代,但是在经过了室町江户时代而来的现代生活里住着,如不是专门学者,要去完全了解他是很不容易的事,正如中国讲文化总推汉唐，而我们现在的生活大抵是宋以来这一统系的，虽然有时对于一二模范的士大夫如李白韩愈还不难懂得，若是想了解有社会背景的全般文艺的空气，那就很有点困难了。要谈日本把全空间时间的都包括在内，实在没有这种大本领，我只谈谈自己所感到的关于东京的一二点，这原是身边琐事，个人偶感，但他足以表示我知道日本之范围之小与程度之浅，未始不是有意思的事情。

我在东京只继续住过六年，但是我爱好那个地方，有第二故乡之感。在南京我也曾住过同样的年数，学校内外有过好些风波，纪念也很不浅，我对于他只是同杭州仿佛，没有忘不了或时常想起的事。北京我是喜欢的，现在还住着，这是别一回事，且不必谈。辛亥年秋天从东京归国，住在距禹迹寺、季彭山故里、沈园遗址都不过一箭之遥的老屋里，觉得非常寂寞，时时回忆在东京的学生生活，胜于家居吃老米饭。曾写一篇拟古文，追记一年前与妻及妻弟往尾久川钓鱼，至田端遇雨，坐公共马车（囚车似的）回本乡的事，颇感慨系之。这是什么缘故呢？东京的气候不比北京好，地震失火一直还是大威胁，山水名胜也无余力游玩，官费生的景况是可想而知的，自然更说不到娱乐。我就喜欢在东京的日本生活，即日本旧式的衣食住。此外是买新书旧书的快乐，在日本桥神田本乡一带的洋书和书新旧各店，杂志摊，夜店，日夜巡阅，不知疲倦，这是许多人都喜欢的，不必要我来再多说明。回到故乡，这种快乐是没有了，北京虽有市场里书摊，但情趣很不相同，有些朋友完全放弃了新的方面，回过头来钻到琉璃厂的古书堆中去，虽然似乎转变得急，又要多花钱，不过这也是难怪的，因为在北平实在只有古书还可买，假如人有买书的瘾，回国以后还未能干净戒绝的话。

去年六月我写《日本管窥之二》，关于日本的衣食住稍有说明。我对于一部分的日本生活感到爱着，原因在于个人的性分与习惯，文中曾云：

> 我是生长于东南水乡的人，那里民生寒苦，冬天屋内没有火气，冷风可以直吹进被窝来，吃的通年不是很咸的腌菜也是很咸的腌鱼，有了这种训练去过东京的下宿生活，自然是不会不合适的。

还有第二的原因，可以说是思古之幽情。文中云：

> 我那时又是民族革命的一信徒，凡民族主义必含有复古思想在里边，我们反对清朝，觉得清以前或元以前的差不多都好，何况更早的东西。

为了这个理由我们觉得和服也很可以穿，若袍子马褂在民国以前都作胡服看待，在东京穿这种衣服即是奴隶的表示，弘文书院照片里（里边也有黄轸胡衍鸿）前排靠边有杨晳子的袍子马褂在焉，这在当时大家是很为骇然的。我们不喜欢被称为清国留学生，寄信时必写支那，因为认定这摩诃脂那，至那以至支那皆是印度对中国的美称，又《佛尔雅》八，释木第十二云："桃曰至那你，汉持来也。"觉得很有意思，因此对于支那的名称一点都没有反感，至于现时那可怜的三上老头子要替中国正名曰支那，这是着了法西斯的闷香，神识昏迷了，是另外一件笑话。关于食物我曾说道：

> 吾乡穷苦，人民努力吃三顿饭，唯以腌菜臭豆腐螺蛳当菜，故不怕咸与臭，亦不嗜油若命，到日本去吃无论什么都不

大成问题。有些东西可以与故乡的什么相比，有些又即是中国某处的什么，这样一想也很有意思。如味噌汁与干菜汤，金山寺味噌与豆板酱，福神渍与酱咯哒（咯哒犹骨朵，此言酱大头菜也），牛蒡独活与芦笋，盐鲑与勒鲞，皆相似的食物也。又如大德寺纳豆即咸豆豉，泽庵渍即福建的黄土萝卜，蒟蒻即四川的黑豆腐，刺身（Sashimi）即广东的鱼生，寿司（Sushi）即古昔的鱼鲊，其制法见于《齐民要术》，此其间又含有文化交通的历史，不但可吃，也更可思索。家庭宴集自较丰盛，但其清淡则如故，亦仍以菜蔬鱼介为主，鸡豚在所不废，唯多用其瘦者，故亦不油腻也。

谷崎氏文章中很批评东京的食物，他举出鲫鱼的雀烧（小鲫鱼破背煮酥，色黑，形如飞雀，故名）与叠鳙（小鱼晒干，实非沙丁鱼也）来做代表，以为显出脆薄，贫弱，寒乞相，毫无腴润丰盛的气象，这是东京人的缺点，其影响于现今以东京为中心的文学美术之产生者甚大。他所说的话自然也有一理，但是我觉得这些食物之有意思也就是这地方，换句话可以说是清淡质素，他没有富家厨房的多油多团粉，其用盐与清汤处却与吾乡寻常民家相近，在我个人是很以为好的。假如有人请吃酒，无论鱼翅燕窝以至熊掌我都会吃，正如大葱卵蒜我也会吃一样，但没得吃时决不想吃或看了人家吃便害馋，我所想吃的如奢侈一点还是白鲞汤一类，其次是鳖（乡俗读若米）鱼鲞汤，还有一种用挤了虾仁的大虾壳，砸碎了的鞭笋的不能吃的"老头"（老头者近根的硬的部分，如甘蔗老头等），再加干菜而蒸成的不知名叫什么的汤，这实在是寒乞相极了，但越人喝得滋滋有味，而其有味也就在这寒乞即清淡质素之中，殆可勉强称之曰俳味也。

日本房屋我也颇喜欢，其原因与食物同样的在于他的质素。我在《管窥之二》中说过：

> 我喜欢的还是那房子的适用，特别便于简易生活。

下文又云：

> 四席半一室面积才八十一方尺，比维摩斗室还小十分之二，四壁萧然，下宿只供给一副茶具，自己买一张小几放在窗下，再有两三个坐褥，便可安住。坐在几前读书写字，前后左右皆有空地，都可安放书卷纸张，等于一大书桌，客来遍地可坐，容六七人不算拥挤，倦时随便卧倒，不必另备沙发，深夜从壁橱取被摊开，又便即正式睡觉了。昔时常见日本学生移居，车上载行李只铺盖衣包小几或加书箱，自己手提玻璃洋油灯在车后走而已。中国公寓住室总在方丈以上，而板床桌椅箱架之外无多余地，令人感到局促，无安闲之趣。大抵中国房屋与西洋的相同都是宜于华丽而不宜于简陋，一间房子造成，还是行百里者半九十，非是有相当的器具陈设不能算完成，日本则土木功毕，铺席糊窗，即可居住，别无一点不足，而且还觉得清疏有致。从前在日本旅行，在吉松高锅等山村住宿，坐在旅馆的朴素的一室内凭窗看山，或着浴衣躺席上，要一壶茶来吃，这比向来住过的好些洋式中国式的旅舍都要觉得舒服，简单而省费。

从别方面来说，他缺少阔大。如谷崎润一郎以为如此纸屋中不会发生伟大的思想,萩原朔太郎以为不能得到圆满的恋爱生活,永井荷风说木造纸糊的家屋里适应的美术其形不可不小,其质不可不轻,与钢琴油画大理石雕刻这些东西不能相容。这恐怕都是说得对的,但是有什么办法呢。事实是如此,日本人纵使如田口卯吉所说日日戴大礼帽,反正不会变成白人,用洋灰造了文化住宅,其趣味亦未必遂胜于四席半,若不佞者不幸生于远东,环境有相似处,不免引起同感,这原只是个人爱好,若其价值是非那自可有种种说法,并不敢一句断定也。

日本生活里的有些习俗我也喜欢,如清洁,有礼,洒脱。洒脱与有礼这两件事一看似乎有点冲突,其实却并不然。洒脱不是粗暴无礼,他只是没有宗教与道学的伪善,没有从淫逸发生出来的假正经。最明显的例是对于裸体的态度。蔼理斯在《论圣芳济及其他》(*St. Francis and others*)文中有云:

> 希腊人曾将不喜裸体这件事看作波斯人及其他夷人的一种特性,日本人——别一时代与风土的希腊人——也并不想到避忌裸体,直到那西方夷人的淫逸的怕羞的眼告诉了他们。我们中间至今还觉得这是可嫌恶的,即使单露出脚来。

他在小注中引了时事来证明,如不列颠博物院阅览室不准穿镂空皮鞋的进去,又如女伶光腿登台,致被检察,结果是谢罪于公众,并罚一巨款云。日本现今虽然也在竭力模仿文明,有时候不许小说里亲嘴太多,或者要叫石像穿裙子,表明官吏的眼也渐渐淫逸而怕羞了,在民间却还不尽然,浴场的裸体群像仍是"司空见惯",女人的赤足更不足希奇,因为这原是当然的风俗了。中国万事不及英国,只有衣履不整者无进图书馆之权,女人光腿要犯法,这两件事倒是一样,也是很有意思的。不,中国还有缠足,男女都缠,不过女的裹得多一点,缚得小一点,这是英国也没有的,不幸不佞很不喜欢这种出奇的做法,所以反动的总是赞美赤足,想起两足白如霜不着鸦头袜之句,觉得青莲居士毕究是可人,不管他是何方人氏,只要是我的同志就得了。我常想,世间鞋类里边最美善的要算希腊古代的山大拉(Sandala),闲适的是日本的下驮(Geta),经济的是中国南方的草鞋,而拖鞋之流不与也。凡此皆取其不隐藏,不装饰,只是任其自然,却亦不至于不适用与不美观。不佞非拜脚狂者,如传说中的辜汤生一类,亦不曾作履物之搜集,本不足与语此道,不过鄙意对于脚或身体的别部分以为解放总当胜于束缚与隐讳,故于希腊日本的良风美俗不能不表示赞美,以为诸夏所不如也。希腊古国恨未及见,日本则幸曾身历,每一出门去,即使别无所得,只见憧憧往来的都是平常人,无一裹足者在内,令人见之愀然不乐,如现今在北平行路每日所经验者,则此事亦已大可喜矣。我前写《天足》一小文,于今已十五年,意见还是仍旧,真真自愧对于这种事情不能去找出一个新看法新解释来也。

上文所说都是个人主观的见解,盖我只从日本生活中去找出与自己性情相关切的东西来,有的是在经验上正面感到亲近者,就取其近似而更有味的,有的又反面觉到嫌恶,如上边的裹足,则取其相反的以为补偿,所以总算起来这些东西很多,却难有十分明确的客观解说。不过我爱好这些总是事实。这都是在东京所遇到,因此对于东京感到怀念,对于以此生活为背景的近代的艺文也感觉有兴趣。永井荷风在《江户艺术论》第一篇浮世绘之鉴赏中曾有这一节话道：

> 我反省自己是什么呢？我非威耳哈伦（Verhaeren）似的比利时人而是日本人也，生来就和他们的运命及境遇迥异的东洋人也。恋爱的至情不必说了，凡对于异性之性欲的感觉悉视为最大的罪恶，我辈即奉戴此法制者也。承受"胜不过啼哭的小孩和地主"的教训的人类也，知道"说话则唇寒"的国民也。使威耳哈伦感奋的那滴着鲜血的肥羊肉与芳醇的蒲桃酒与强壮的妇女之绘画，都于我有什么用呢。呜呼，我爱浮世绘。苦海十年为亲卖身的游女的绘姿使我泣。凭倚竹窗茫然看着流水的艺妓的姿态使我喜。卖宵夜面的纸灯寂寞地停留着的河边的夜景使我醉。雨夜啼月的杜鹃，阵雨中散落的秋天树叶，落花飘风的钟声，途中日暮的山路的雪，凡是无常无告无望的，使人无端嗟叹此世只是一梦的，这样的一切东西，于我都是可亲，于我都是可怀。

永井氏是在说本国的事，所以很有悲愤，我们当作外国艺术看时似可不必如此，虽然也很赞同他的意思。是的，却也不是。生活背景既多近似之处，看了从这出来的艺术的表示，也常令人有《瘗旅文》的"吾与尔犹彼也"之感。大的艺术里吾尔彼总是合一的，我想这并不是老托尔斯泰一个人的新发明，虽然御用的江湖文学不妨去随意宣传，反正江湖诀（Journalism）只是应时小吃而已。还有一层，中国与日本现在是立于敌国的地位，但如离开现时的关系而论永久的性质，则两者都是生来就和西洋的运命及境遇迥异的东洋人也，日本有些法西斯中毒患者以为自己国民的幸福胜过至少也等于西洋了，就只差未能吞并亚洲，稍有愧色，而艺术家乃感到"说话则唇寒"的悲哀，此正是东洋人之悲哀也，我辈闻之亦不能不惘然。木下杢太郎在他的《食后之歌》序中云：

> 在杂耍场的归途，戏馆的归途，又或常盘木俱乐部，植木店的归途，予常尝此种异香之酒，耽想那卑俗的，但是充满眼泪的江户平民艺术以为乐。

我于音乐美术是外行，不能了解江户时代音曲板画的精妙，但如永井、木下所指出，这里边隐着的哀愁也是能够隐隐的感着的。这不是代表中国人的哀愁，却也未始不可以说包括一部分在内，因为这如上文所说其所表示者总之是东洋人之悲哀也。永井氏论木板画的色彩，云这暗示出那样暗黑时代的恐怖与悲哀与疲劳。俗曲里礼赞恋爱与死，处处显出人情与礼教的冲突，偶然听唱义太夫，便会遇见纸治，即是这一类作品。日本的平民艺术仿佛善于用优美的形式包藏深切的悲苦，这是与中国很不同的。不过我已声明关于这些事情不甚知道，中国的戏尤其是不懂，所以这只是信口开河罢了，请内行人见了别生气才好。

我写这篇小文，没有能够说出东京的什么真面目来，很对不起读者，不过我借此得以任意的说了些想到的话，自己倒觉得愉快，虽然以文章论也还未能写得好。此外本来还有些事想写进去的，如书店等，现在却都来不及再说，只好等将来另写了。

东京的书店

说到东京的书店第一想起的总是丸善（Maruzen）。他的本名是丸善株式会社，翻译出来该是丸善有限公司，与我们有关系的其实还只是书籍部这一部分。最初是个人开的店铺，名曰丸屋善七，不过这店我不曾见过，一九〇六年初次看见的是日本桥通三丁目的丸善，虽铺了地板还是旧式楼房，民国以后失火重建，民八往东京时去看已是洋楼了，随后全毁于大地震，前年再去则洋楼仍建在原处，地名却已改为日本桥通二丁目。我在丸善买书前后已有三十年，可以算是老主顾了，虽然买卖很微小，后来又要买和书与中国旧书，财力更是分散，但是这一点点的洋书却于我有极大的影响，所以丸善虽是一个法人而在我可是可以说有师友之谊者也。

我于一九〇六年八月到东京，在丸善所买最初的书是圣兹伯利（G. Saintsbury）的《英文学小史》一册与泰纳的英译本四册，书架上现今还有这两部，但已不是那时买的原书了。我在江南水师学堂学的外国语是英文，当初的专门是管轮，后来又奉督练公所命令改学土木工学，自己的兴趣却是在文学方面，因此找一两本英文学史来看看，也是很平常的事。但是实在也并不全是如此，我的英文始终还是敲门砖，这固然使我得知英国十八世纪以后散文的美富，如爱迭生，斯威夫式，阑姆，斯替文生，密伦，林特等的小品文我至今爱读，那时我的志趣乃在所谓大陆文学，或是弱小民族文学，不过借英文做个居中传话的媒婆而已。一九○九年所刊的《域外小说集》二卷中译载的作品以波兰俄国波思尼亚芬兰为主，法国有一篇摩波商（即莫泊三），英美也各有一篇，但这如不是犯法的淮尔特（即王尔德）也总是酒狂的亚伦坡。俄国不算弱小，其时正是专制与革命对抗的时候，中国人自然就引为同病的朋友，弱小民族盖是后起的名称，实在我们所喜欢的乃是被压迫的民族之文学耳。这些材料便是都从丸善去得来的。日本文坛上那时有马场孤蝶等人在谈大陆文学，可是英译本在书店里还很缺少，搜求极是不易，除俄法的小说尚有几种可得外，东欧北欧的难得一见，英译本原来就很寥寥。我只得根据英国倍寇（E. Baker）的《小说指南》（*A Guide to the Best Fictions*），抄出书名来，托丸善去定购，费了许多的气力与时光，才能得到几种波兰，勃尔伽利亚，波思尼亚，芬兰，匈加利，新希腊的作品，这里边特别可以提出来的有育珂摩耳（Jokai Mor）的小说，不但是东西写得好，有匈加利的司各得之称，而且还是革命家，英译本的印刷装订又十分讲究，至今还可算是我的藏书中之佳品，只可惜在绍兴放了四年，书面上因为潮湿生了好些霉菌的斑点。此外还有一部插画本土耳该涅夫（Turgeniev）小说集，共十五册，伽纳式夫人译，价三镑。这部书本平常，价也不能算贵，每册只要四先令罢了，不过当时普通留学官费每月只有三十三圆，想买这样大书，谈何容易，幸而有蔡谷清君的介绍把哈葛德与安特路朗合著的《红星佚史》译稿卖给商务印书馆，凡十万余字得洋二百元，于是居然能够买得，同时定购的还有勃阑兑思（Georg Brandes）的一册《波兰印象记》，这也给予我一个深的印象，使我对于波兰与勃阑兑思博士同样地不能忘记。我的文学店逐渐地关了门，除了《水浒传》《吉诃德先生》之外不再读中外小说了，但是杂览闲书，丹麦安徒生的童话，英国安特路朗的杂文，又一方面如威斯忒玛克的《道德观念发达史》，部丘的关于希腊的诸讲义，都给我很愉快的消遣与切实的教导，也差不多全是从丸善去得来的。末了最重要的是蔼理斯的《性心理之研究》七册，这是我的启蒙之书，使我读了之后眼上的鳞片倏忽落下，对于人生与社会成立了一种见解。古人学艺往往因了一件事物忽然省悟，与学道一样，如学写字的见路上的蛇或是雨中在柳枝下往上跳的蛙而悟，是也。不佞本来无道可悟，但如说因"妖精打架"而对于自然与人生小有所了解，似乎也可以这样说，虽然卟字派的同胞听了觉得该骂亦未可知。《资本论》读不懂（后来送给在北大经济系的旧学生杜君，可惜现在墓木已拱矣！），考虑妇女问题却也会归结到社会制度的改革，如《爱的成年》的著者所已说过。蔼理斯的意见大约与罗素相似，赞成社会主义而反对"共产法西斯底"的罢。蔼理斯的著作自《新精神》以至《现代诸问题》都从丸善购得，今日因为西班牙的反革命运动消息的联想又取出他的一册《西班牙之魂灵》来一读，特别是吉诃德先生与西班牙女人两章，重复感叹，对于西班牙与蔼理斯与丸善都不禁各有一种好意也。

人们在恋爱经验上特别觉得初恋不易忘记,别的事情恐怕也是如此,所以最初的印象很是重要。丸善的店面经了几次改变了,我所记得的还是那最初的旧楼房。楼上并不很大,四壁是书架,中间好些长桌上摊着新到的书,任凭客人自由翻阅,有时站在角落里书架背后查上半天书也没人注意,选了一两本书要请算账时还找不到人,须得高声叫伙计来,或者要劳那位不良于行的下田君亲自过来招呼。这种不大监视客人的态度是一种愉快的事,后来改筑以后自然也还是一样,不过我回想起来时总是旧店的背景罢了。记得也有新闻记者问过,这样不会缺少书籍么?答说,也要遗失,不过大抵都是小册,一年总计才四百圆左右,多雇人监视反不经济云。当时在神田有一家卖洋书的中西屋,离寓所比丸善要近得多,可是总不愿常去,因为伙计跟得太凶。听说有一回一个知名的文人进去看书,被监视得生起气来,大喝道,你们以为客人都是小偷么!这可见别一种的不经济。但是不久中西屋出倒于丸善,改为神田支店,这种情形大约已改过了罢,民国以来只去东京两三次,那里好像竟不曾去,所以究竟如何也就不得而知了。

因丸善而联想起来的有本乡真砂町的相模屋旧书店,这与我的买书也是很有关系的。一九〇六年的秋天我初次走进这店里,买了一册旧小说,是匈加利育珂原作美国薄格思译的,书名曰《髑髅所说》(*Told by the Death's Head*),卷首有罗马字题曰,K.Tokutomi, Tokyo Japan. June 27th. 1904。一看就知是《不如归》的著者德富健次郎的书,觉得很是可以宝贵的,到了辛亥归国的时候忽然把他和别的旧书一起卖掉了，不知为什么缘故，或者因为育珂这长篇传奇小说无翻译的可能，又或对于德富氏晚年笃旧的倾向有点不满罢。但是事后追思有时也还觉得可惜。民八春秋两去东京，在大学前的南阳堂架上忽又遇见，似乎他直立在那里有八九年之久了，赶紧又买了回来，至今藏在寒斋，与育珂别的小说《黄蔷薇》等作伴。相模屋主人名小泽民三郎，从前曾在丸善当过伙计，说可以代去拿书，于是就托去拿了一册该莱的《英文学上的古典神话》，色刚姆与尼珂耳合编的《英文学史》绣像本第一分册，此书出至十二册完结，今尚存，唯《古典神话》的背皮脆裂，早已卖去换了一册青灰布装的了。自此以后与相模屋便常有往来，辛亥回到故乡去后一切和洋书与杂志的购买全托他代办，直到民五小泽君死了，次年书店也关了门，关系始断绝，想起来很觉得可惜，此外就没有遇见过这样可以谈话的旧书商人了。本乡还有一家旧书店郁文堂，以卖洋书出名，虽然我与店里的人不曾相识，也时常去看看，曾经买过好些书至今还颇喜欢所以记得的。这里边有一册勃阑兑思的《十九世纪名人论》，上盖一椭圆小印朱文曰胜弥，一方印白文曰孤蝶，知系马场氏旧藏，又一册《斯干地那微亚文学论集》，丹麦波耶生（H. H. Boyesen）用英文所著，卷首有罗马字题曰，November 8th. 08. M. Abe，则不知是那一个阿部君之物也。两书中均有安徒生论一篇，我之能够懂得一点安徒生差不多全是由于这两篇文章的启示，别一方面安特路朗（Andrew Lang）的人类学派神话研究也有很大的帮助，不过我以前只知道格林兄弟辑录的童话之价值，若安徒生创作的童话之别有价值则至此方才知道也。论文集中又有一篇勃阑兑思论，著者意见虽似右倾，但在这里却正可以表示出所论者的真相，在我个人是很喜欢勃阑兑思的，觉得也是很好的参考。前年到东京，于酷热匆忙中同了徐君去过一趟，却只买了一小册英诗人《克剌勃传》(*Crabbe*)，便是丸善也只匆匆一看，买到一册瓦格纳著的《伦敦的客店与酒馆》而已。近年来洋书太贵，实在买不起，从前六先令或一圆半美金的书已经很好，日金只要三圆，现在总非三倍不能买得一册比较像样的书，此新书之所以不容易买也。

本乡神田一带的旧书店还有许多，挨家的看去往往可以花去大半天的工夫，也是消遣之一妙法。庚戌辛亥之交住在麻布区，晚饭后出来游玩，看过几家旧书后忽见行人已渐寥落，坐了直达的电车迂回地到了赤羽桥，大抵已是十一二点之间了。这种事想起来也有意思，不过店里的伙计在账台后蹲山老虎似的双目炯炯地睨视着，把客人一半当作小偷一半当作肥猪看，也是很可怕的，所以平常也只是看看，要遇见真是喜欢的书才决心开口问价，而这种事情也就不甚多也。

东京散策记

前几天从东京旧书店买到一本书,觉得非常喜欢,虽然原来只是很普通的一卷随笔。这是永井荷风所著的《日和下驮》,一名《东京散策记》,内共十一篇,从大正三年夏起陆续在《三田文学》月刊上发表,次年冬印成单行本,以后收入"明治大正文学全集"及"春阳堂文库"中,现在极容易买到的。但是我所得的乃是初板原本,虽然那两种翻印本我也都有,文章也已读过,不知怎的却总觉得原本可喜,铅印洋纸的旧书本来难得有什么可爱处,有十七幅胶板的插画也不见得可作为理由,勉强说来只是书品好罢。此外或者还有一点感情的关系,这比别的理由都重要,便是一点儿故旧之谊,改订缩印的书虽然看了便利,却缺少一种亲密的感觉,说读书要讲究这些未免是奢侈,那也可以说,不过这又与玩古董的买旧书不同,因为我们既不要宋本或季沧苇的印,也不能出大价钱也。《日和下驮》出板于大正四年(一九一五),正是二十年前,绝板已久,所以成了珍本,定价金一圆,现在却加了一倍,幸而近来汇兑颇低，只要银一元半就成了。

永井荷风最初以小说得名，但小说我是不大喜欢的，我读荷风的作品大抵都是散文笔记，如《荷风杂稿》《荷风随笔》《下谷丛话》《日和下驮》与《江户艺术论》等。《下谷丛话》是森鸥外的《伊泽兰轩传》一派的传记文学，讲他的外祖父鹫津毅堂的一生以及他同时的师友，我读了很感兴趣，其第十九章中引有大沼枕山的绝句，我还因此去搜求了《枕山诗钞》来读。随笔各篇都有很好的文章，我所最喜欢的却是《日和下驮》。《日和下驮》这部书如副题所示是东京市中散步的记事，内分《日和下驮》《淫祠》《树》《地图》《寺》《水附渡船》《露地》《闲地》《崖》《坂》《夕阳附富士眺望》等十一篇。《日和下驮》（Hiyori-geta）本是木屐之一种，意云晴天屐，普通的木屐两齿幅宽，全屐用一木雕成，日和下驮的齿是用竹片另外嵌上去的，趾前有覆，便于践泥水，所以虽称曰晴天屐而实乃晴雨双用屐也。为什么用作书名，第一篇的发端说的很明白：

> 长的个儿本来比平常人高，我又老是穿着日和下驮拿着蝙蝠伞走路。无论是怎么好晴天，没有日和下驮与蝙蝠伞总不放心。这是因为对于通年多湿的东京天气全然没有信用的缘故。容易变的是男子的心与秋天的天气，此外还有上头的政事，这也未必一定就只如此。春天看花时节，午前的晴天到了午后二三时必定刮起风来，否则从傍晚就得下雨。梅雨期间可以不必说了。入伏以后更不能预料什么时候有没有骤雨会沛然下来。

因为穿了日和下驮去凭吊东京的名胜，故即以名篇，也即以为全书的名称。荷风住纽约巴黎甚久，深通法兰西文学，写此文时又才三十六岁，可是对于本国的政治与文化其态度非常消极，几乎表示极端的憎恶。在前一年所写的《江户艺术论》中说的很明白，如"浮世绘的鉴赏"第三节云：

> 在油画的色里有着强的意味，有着主张，能表示出制作者的精神。与这正相反，假如在木板画的瞌睡似的色彩里也有制作者的精神，那么这只是专制时代萎靡的人心之反映而已。这暗示出那样暗黑时代的恐怖与悲哀与疲劳，在这一点上我觉得正如闻娼妇啜泣的微声，深不能忘记那悲苦无告的色调。我与现社会相接触，常见强者之极其横暴而感到义愤的时候，想起这无告的色彩之美，因了潜存的哀诉的旋律而将暗黑的过去再现出来，我忽然了解东洋固有的专制的精神之为何，深悟空言正义之不免为愚了。希腊美术发生于以亚坡隆为神的国土，浮世绘则由与虫豸同样的平民之手制作于日光晒不到的小胡同的杂院里。现在虽云时代全已变革，要之只是外观罢了。若以合理的眼光一看破其外皮，则武断政治的精神与百年以前毫无所异。江户木板画之悲哀的色彩至今全无时间的间隔，深深沁入我们的胸底，常传亲密的私语者，盖非偶然也。

在《日和下驮》第一篇中有同样的意思，不过说得稍为和婉：

> 但是我所喜欢曳屐走到的东京市中的废址，大抵单是平凡的景色，只令我个人感到兴趣，却不容易说明其特征的。例如一边为炮兵工厂的砖墙所限的小石川的富坂刚要走完的地方，

在左侧有一条沟渠。沿着这水流，向着蒟蒻阎魔去的一个小胡同，即是一例。两旁的房屋都很低，路也随便弯来弯去，洋油漆的招牌以及仿洋式的玻璃门等一家都没有，除却有时飘着冰店的旗子以外小胡同的眺望没有一点什么色彩，住家就只是那些裁缝店烤白薯店粗点心店灯笼店等，营着从前的职业勉强度日的人家。我在新开路的住家门口常看见堂皇地挂着些什么商会什么事务所的木牌，莫名其妙地总对于新时代的这种企业引起不安之念，又关于那些主谋者的人物很感到危险。倒是在这样贫穷的小胡同里营着从前的职业穷苦度日的老人们，我见了在同情与悲哀之上还不禁起尊敬之念。同时又想到这样人家的独养女儿或者会成了介绍所的饵食现今在什么地方当艺妓也说不定，于是照例想起日本固有的忠孝思想与人身卖买的习惯之关系，再下去是这结果所及于现代社会之影响等，想进种种复杂的事情里边去了。

本文十篇都可读，但篇幅太长，其《淫祠》一篇最短，与民俗相关亦很有趣，今录于后。

　　往小胡同去罢，走横街去罢。这样我喜欢走的，格拉格拉地拖着晴天屐走去的里街，那里一定会有淫祠。淫祠从古至今一直没有受过政府的庇护。宽大地看过去，让它在那里，这已经很好了，弄得不好就要被拆掉。可是虽然如此现今东京市中淫祠还是数不清地那么多。我喜欢淫祠。给小胡同的风景添点情趣，淫祠要远在铜像之上有审美的价值。本所深川一带河流的桥畔，麻布芝区的极陡的坡下，或是繁华的街的库房之间，多寺院的后街的拐角，立着小小的祠以及不蔽风雨的石地藏，至今也还必定有人来挂上还愿的匾额和奉献的手巾，有时又有人来上香的。现代教育无论怎样努力想把日本人弄得更新更狡猾，可是至今一部分的愚昧的民心也终于没有能够夺去。在路旁的淫祠许愿祈祷，在破损的地藏尊的脖上来挂围巾的人们或者卖女儿去当艺妓也未可知，自己去做侠盗也未可知，专梦想着银会和彩票的侥幸也未可知。不过他们不会把别人的私行投到报纸上去揭发以图报复，或借了正义人道的名来敲竹杠迫害人，这些文明的武器的使用法他们总是不知道的。

淫祠在其缘起及灵验上大抵总有荒唐无稽的事，这也使它带有一种滑稽之趣。

对那欢喜天要供油炸的馒头，对大黑天用双叉的萝卜，对稻荷神献奉油豆腐，这是谁都知道的事。芝区日荫町有供鲭鱼的稻荷神，在驹入地方又有献上沙锅的沙锅地藏，祈祷医治头痛，病好了去还愿，便把一个沙锅放在地藏菩萨的头上。御厩河岸的榧寺里有医好牙痛的吃糖地藏，金龙山的庙内则有供盐的盐地藏。在小石川富坂的源觉寺的阎魔王是供蒟蒻的，对于大久保百人町的鬼王则供豆腐，以为治好疥疮的谢礼。向岛弘福寺里的有所谓石头的老婆婆，人家供炒蚕豆，求她医治小孩的百日咳。

天真烂漫的而又那么鄙陋的此等愚民的习惯，正如看那社庙滑稽戏和丑男子舞，以及猜谜似的那还愿的匾额上的拙稚的绘画，常常无限地使我的心感到慰安。这并不单是说好玩。在那道理上议论上都无可说的荒唐可笑的地方，细细地想时却正感着一种悲哀似的莫名其妙的心情也。

关于民俗说来太繁且不作注，单就蒟蒻阎魔所爱吃的东西说明一点罢。蒟蒻是一种天南星科的植物，其根可食，五代时源顺撰《和名类聚抄》卷九引《文选·蜀都赋》注云：

> 蒟蒻，其根肥白，以灰汁煮则凝成，以苦酒淹食之，蜀人珍焉。

《本草纲目》卷十六叙其制法甚详云：

> 经二年者根大如碗及芋魁，其外理白，味亦麻人，秋后采根，须净擦或捣或片段，以酽灰汁煮十余沸，以水淘洗，换水更煮五六遍，即成冻子，切片，以苦酒五味淹食，不以灰汁则不成也。切作细丝，沸汤瀹过，五味调食，状如水母丝。

黄本骥编《湖南方物志》卷三引《潇湘听雨录》云：

> 《益部方物略》，海芋高不过四五尺，叶似芋而有干。向见岣嵝峰寺僧所种，询之名磨芋，干赤，叶大如茄，柯高二三尺，至秋根下实如芋魁，磨之滤粉成膏，微作膻辛，蔬品中味犹乳酪，似是《方物略》所指，宋祁赞曰木干芋叶是也。

金武祥著《粟香四笔》卷四有一则云：

> 济南王培荀雪峤《听雨楼随笔》云，蒟酱张骞至西南夷食之而美，擅名蜀中久矣。来川物色不得，问土人无知者。家人买黑豆腐，盖村间所种，俗名茉芋，实蒟蒻也，形如芋而大，可作腐，色黑有别味，未及豆腐之滑腻。蒟蒻一名鬼头，作腐时人多语则味涩，或云多语则作之不成。乃知蒟酱即此，俗间

日用而不知，可笑也。遥携馋口入西川，蒟酱曾闻自汉年，腐已难堪兼色黑，虚名应共笑张骞。茉芋亦名黑芋，生食之口麻。

蒟蒻俗名黑豆腐，很得要领，这是民间或小儿命名的长处。在中国似乎不大有人吃，要费大家的力气来考证，在日本乃是日常副食物，真是妇孺皆知，在俗谚中也常出现，此正是日本文学风物志中一好项目。在北平有些市场里现已可买到，其制法与名称盖从日本输入，大抵称为蒟蒻而不叫作黑豆腐也。

留学的回忆

我到现在来写留学的回忆,觉得有点不合时宜,因为这已是三十多年前的事了,无论在中日那一方面,不是五十岁以上的人不会了解,或者要感觉不喜欢也说不定。但是因为记者先生的雅意不好推却,勉强答应了下来,写这一回,有许多话以前都已说过了,所以这里也没有什么新材料可以加添,要请原谅。

我初到东京的那一年是清光绪三十二年,即明治三十九年,正是日俄战争结束后一年。现在中国青年大抵都已不知道了,就是日本人恐怕也未尝切实的知道,那时日本曾经给予我们多大的影响,这共有两件事,一是明治维新,一是日俄战争。当时中国知识阶级最深切的感到本国的危机,第一忧虑的是如何救国,可以免于西洋各国的侵略,所以见了日本维新的成功,发见了变法自强的道路,非常兴奋,见了对俄的胜利,又增加了不少勇气,觉得抵御西洋,保全东亚,不是不可能的事。中国派留学生往日本,其用意差不多就在于此,我们留学去的人除了速成法政铁道警察以外,也自然都受了这影响，用现在时髦话来说，即是都热烈的抱着兴亚的意气的。中国人如何佩服赞叹日本的明治维新，对于日俄战争如何祈望日本的胜利，现在想起来实在不禁感觉奇异，率真的说，这比去年大东亚战争勃发的时候还要更真诚更热烈几分，假如近来三十年内不曾发生波折，这种感情能维持到现在，什么难问题都早已解决了。过去的事情无法挽回，但是像我们年纪的人，明治时代在东京住过，民国以来住在北京，这种感慨实在很深，明知无益而不免要说，或者也是可恕的常情罢。

我在东京是在这样的时候，所以环境可以说是很好的了。我后来常听见日本人说，中国留日学生回国后多变成抗日，大约是在日本的时候遇见公寓老板或警察的欺侮，所以感情不好，激而出于反抗的罢。我听了很是怀疑，以我自己的经验来说，并不曾遇见多大的欺侮，而且即使有过不愉快的事，也何至于以这类的细故影响到家国大事上去，这是凡有理知的人所不为的。我初去东京是和鲁迅在一起，我们在东京的生活是完全日本化的。有好些留学生过不惯日本的生活，住在下宿里要用桌椅，有人买不起卧床，至于爬上壁橱（户棚）去睡觉，吃的也非热饭不可，这种人常为我们所非笑，因为我们觉得不能吃苦何必出外，而且到日本来单学一点技术回去，结局也终是皮毛，如不从生活上去体验，对于日本事情便无法深知的。我们是官费生，但是低级的，生活不能阔绰，所以上边的主张似乎有点像伊索寓言里酸蒲桃的话，可是在理论上我觉得这也是本来很有道理的。我们住的是普通下宿，四张半席子的一间，书箱之外只有一张矮几两个垫子，上学校时穿学生服，平常只是和服穿裙着木屐，下雨时或穿皮鞋，但是后来我也改用高齿屐（足驮）了。一日两餐吃的是下宿的饭，在校时带饭盒，记得在顺天堂左近东竹町住的时候，有一年多老吃咸甜煮的圆豆腐（雁拟），我们大为惶恐，虽然后来自家煮了来吃也还是很好的。这其实只是一时吃厌了的缘故，所以有这一件笑话，对于其他食物都是遇着便吃，别无什么不满。点心最初多买今川小路风月堂的，也常照顾大学前的青木堂，后来知道找本乡的冈野与藤村了，有一回在神田什么店里得到寄卖的柿羊羹，这是大垣地方的名物，装在半节青竹里，一面贴着竹箬，其风味绝佳，不久不知为何再也买不到了，曾为惋惜久之。总之衣食住各方面我们过的全是日本生活，不但没有什么不便，惯了还觉得很有趣，我自己在东京住了六年，便不曾回过一次家，我称东京为第二故乡，也就是这个缘故。鲁迅在仙台医学校时还曾经受到种种激刺，我却是没有。说在留日时代会造下抗日的原因，我总深以为疑，照我们自己的经验来看，相信这是不会有的。但是后来却明白了。留学过日本的人，除了只看见日本之西洋模拟的文明一部分的人不算外，在相当时间与日本的生活和文化接触之后，大抵都发生一种好感，分析起来仍不外是这两样分子，即是对于前进的新社会之心折，与东洋民族的感情的联系，实亦即上文所云明治维新与日俄战争之影响的一面也。可是他如回到本国来，见到有些事与他平素所有的日本印象不符的时候，那么他便敏捷的感到，比不知道日本的人更深的感觉不满，此其一。还有所谓支那通者，追随英美的传教师以著书宣扬中国的恶德为事，记述嫖赌鸦片之外，或摘取春秋列国以及三国志故事为资料，信口谩骂，不懂日文者不能知，或知之而以为外国文人之常，亦不敢怪，留学生则知日本国内不如此，对于西洋亦不如此，便自不免中不服，渐由小事而成为大问题矣，此其二。本来一国数千年历史中，均不乏此种材料，可供指摘者，但君子自重，不敢为耳。古人云，蚁穴溃堤。以极无聊的琐屑事，往往为不堪设想的祸害之因，吾人经此事变之后，创巨痛深，甚愿于此互勉，我因为回忆而想起留学抗日生之原因，故略为说及，以为愚者一得之献也。

我在东京住过的地方是本乡与麻布两处，所以回忆中觉得不能忘记的也以这两区的附近为多。最初是在汤岛，随后由东竹町转至西片町，末了远移麻布，在森元町住了一年余。我们那时还无银座散步的风气，晚间有暇大抵只是看夜店与书摊，所以最记得的是本乡三丁目大学前面这一条街，以及神田神保町的表里街道。从东竹町往神田，总是徒步过御茶之水桥，由甲贺町至骏河台下，从西片町往本乡三丁目，则走过阿部伯爵邸前的大椎树，渡过旱板桥（空桥），出森川町以至大学前。这两条路走的很熟了，至今想起来还如在目前，神保町的书肆以及大学前的夜店，也同样的清楚记得。住在麻布的时候，往神田去须步行到芝园桥坐电车，终点是赤羽桥，离森元町只有一箭之路，可是车行要三十分钟左右，走过好些荒凉的地方，颇有趁火车之感，也觉得颇有趣味。有时白昼往来，则在芝园桥的前一站即增上寺前下车，进了山门，从寺的左侧走出后门，出芝公园，就到寓所，这一条路称得起城市山林，别有风致，但是一到傍晚后门就关上了，所以这在夜间是不能利用的。我对于这几条道路不知怎的很有点留恋，这样的例在本国却还不多，只有在南京学校的时候，礼拜日放假往城南去玩，夜里回来，从鼓楼到三牌楼马路两旁都是高大的树，浓阴覆地，阒无人声，仿佛随时可以有绿林豪客撺出来的样子，我们二三同学独在这中间且谈且走，虽是另外一种情景，却也还深深记得，约略可以相比耳。

我留学日本是在明治末期，所以我所知道，感觉喜欢的，也还只是明治时代的日本。说是日本，其实除东京外不曾走过什么地方，所以说到底这又只是以明治末年的东京为代表的日本，这在当时或者不妨如此说，但在现今当然不能再是这样了。我们明白，三十几年来的日本已经大有改变，进步很大，但这是论理的话，若是论情，则在回想里最可念的自然还是旧的东京耳。民国二十三年夏天我因学校休假同内人往东京闲住了两个月，看了大震灾后伟大的复兴，一面很是佩服，但是一面却特地去找地震时没有被毁的地区，在本乡菊坂町的旅馆寄寓，因为我觉得到日本去住洋房吃面包不是我的本意。这一件小事可以知道我们的情绪是如何倾于守旧。我的书架上有一部《东京案内》，两大册，明治四十年东京市编纂，裳华房出板的，书是很旧了，却是怀旧的好资料。在这文章写的时候，拿出书来看着，不知怎的觉得即在大东亚战争之下，在东亚也还是"西洋的"在占势力，于今来写东洋的旧式的回忆，实在也只是"悲哀的玩具"而已。

寂寞之上没有更上的寂寞

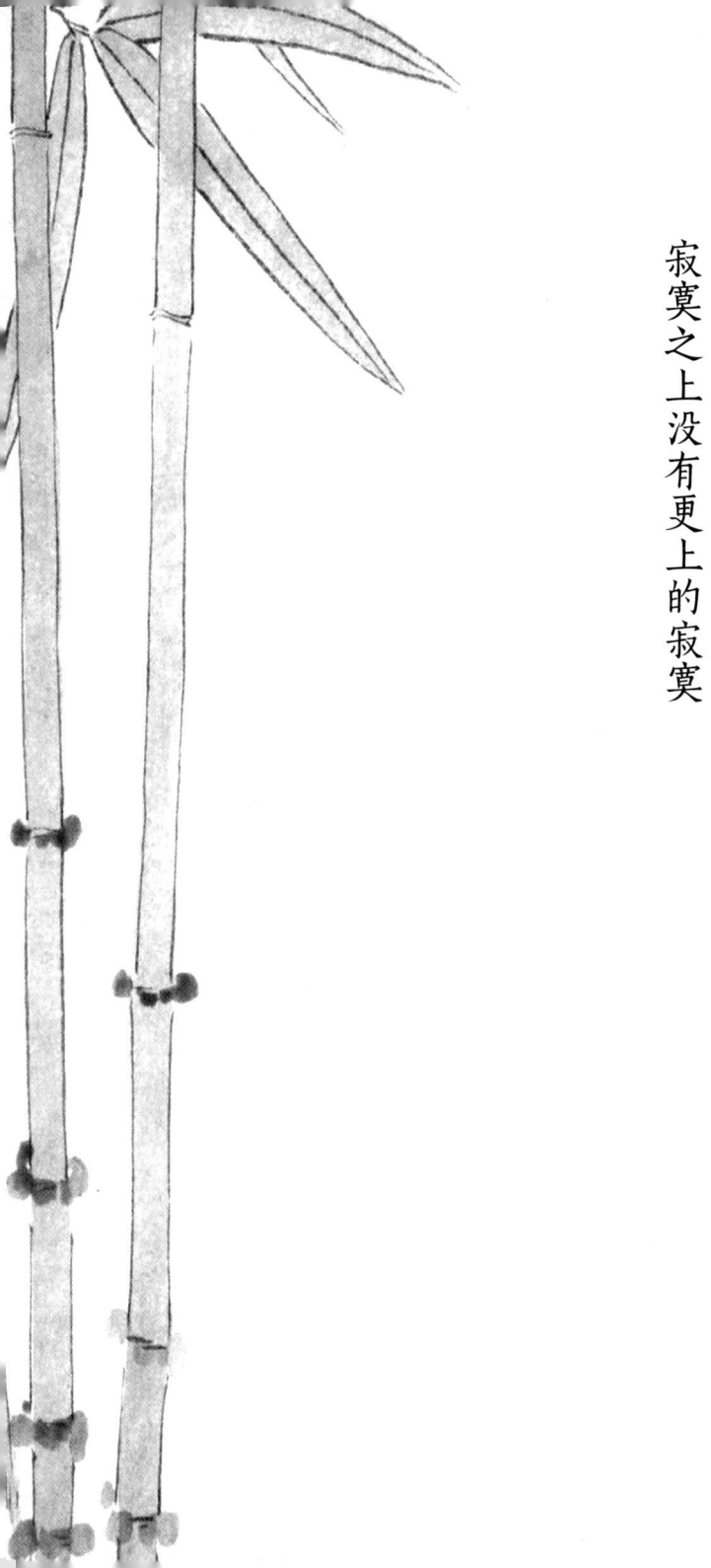

《自己的园地》旧序

这一集里分有三部,一是《自己的园地》十八篇,一九二二年所作,二是《绿洲》十五篇,一九二三年所作,三是杂文二十篇,除了《儿童的文学》等三篇外,都是近两年内随时写下的文章。

这五十三篇小文,我要申明一句,并不是什么批评。我相信批评是主观的欣赏不是客观的检察,是抒情的论文不是盛气的指摘;然而我对于前者实在没有这样自信,对于后者也还要有一点自尊,所以在真假的批评两方面都不能比附上去。简单的说,这只是我的写在纸上的谈话,虽然有许多地方更为生硬,但比口说或者也更为明白一点了。

大前年的夏天,我在西山养病的时候,曾经做过一条杂感曰《胜业》,说因为"别人的思想总比我的高明,别人的文章总比我的美妙",所以我们应该少作多译,这才是胜业。荏苒三年,胜业依旧不修,却写下了几十篇无聊的文章,说来不免惭愧,但是仔细一想,也未必然。我们太要求不朽,想于社会有益,就太抹杀了自己；其实不朽决不是著作的目的，有益社会也并非著者的义务，只因他是这样想，要这样说，这才是一切文艺存在的根据。我们的思想无论如何浅陋，文章如何平凡，但自己觉得要说时便可以大胆的说出来，因为文艺只是自己的表现，所以凡庸的文章正是凡庸的人的真表现，比讲高雅而虚伪的话要诚实的多了。

世间欺侮天才，欺侮着而又崇拜天才的世间也并轻蔑庸人。人们不愿听荒野的叫声，然而对于酒后茶余的谈笑，又将凭了先知之名去加以呵斥。这都是错的。我想，世人的心与口如不尽被虚伪所封锁，我愿意倾听"愚民"的自诉衷曲，当能得到如大艺术家所能给予的同样的慰安。我是爱好文艺者，我想在文艺里理解别人的心情，在文艺里找出自己的心情，得到被理解的愉快。在这一点上，如能得到满足，我总是感谢的。所以我享乐——我想——天才的创造，也享乐庸人的谈话。世界的批评家法兰西（Anatole France）在《文学生活》（第一卷）上说：

> 著者说他自己的生活，怨恨，喜乐与忧患的时候，他并不使我们觉得厌倦。……
>
> 因此我们那样的爱那大人物的书简和日记，以及那些人所写的，他们即使并不是大人物，只要他们有所爱，有所信，有所望，只要在笔尖下留下了他们自身的一部分。若想到这个，那庸人的心的确即是一个惊异。

我自己知道这些文章都有点拙劣生硬，但还能说出我所想说的话；我平常喜欢寻求友人谈话，现在也就寻求想象的友人，请他们听我的无聊赖的闲谈。我已明知我过去的蔷薇色的梦都是虚幻，但我还在寻求——这是生人的弱点——想象的友人,能够理解庸人之心的读者。我并不想这些文章会于别人有什么用处,或者可以给予多少怡悦;我只想表现凡庸的自己的一部分,此外并无别的目的。因此我把近两年的文章都收在里边,除了许多讽刺的"杂感"以及不惬意的一两篇论文;其中也有近于游戏的文字,如《山中杂信》等,本是"杂感"一类,但因为这也可以见我的一种癖气,所以将他收在本集里了。

我因寂寞,在文学上寻求慰安,夹杂读书,胡乱作文,不值学人之一笑,但在自己总得了相当的效果了。或者国内有和我心情相同的人,便将这本杂集呈献与他;倘若没有,也就罢了。——反正寂寞之上没有更上的寂寞了。

自己的园地

一百五十年前，法国的福禄特尔做了一本小说《亢迭特》（*Candide*），叙述人世的苦难，嘲笑"全舌博士"的乐天哲学。亢迭特与他的老师全舌博士经了许多忧患，终于在土耳其的一角里住下，种园过活，才能得到安住。亢迭特对于全舌博士的始终不渝的乐天说，下结论道，"这些都是很好，但我们还不如去耕种自己的园地。"这句格言现在已经是"脍炙人口"，意思也很明白，不必再等我下什么注脚。但是我现在把他抄来，却有一点别的意义。所谓自己的园地，本来是范围很宽，并不限定于某一种：种果蔬也罢，种药材也罢，——种蔷薇地丁也罢，只要本了他个人的自觉，在他认定的不论大小的地面上，应了力量去耕种，便都是尽了他的天职了。在这平淡无奇的说话中间，我所想要特地申明的，只是在于种蔷薇地丁也是耕种我们自己的园地，与种果蔬药材，虽是种类不同而有同一的价值。

我们自己的园地是文艺，这是要在先声明的。我并非厌薄别种活动而不屑为，——我平常承认各种活动于生活都是必要；实在是小半由于没有这样的材能，大半由于缺少这样的趣味，所以不得不在这中间定一个去就。但我对于这个选择并不后悔，并不惭愧园地的小与出产的薄弱而且似乎无用。依了自己的心的倾向，去种蔷薇地丁，这是尊重个性的正当办法，即使如别人所说各人果真应报社会的恩，我也相信已经报答了，因为社会不但需要果蔬药材，却也一样迫切的需要蔷薇与地丁，——如有蔑视这些社会，那便是白痴的，只有形体而没有精神生活的社会，我们没有去顾视他的必要。倘若用了什么名义，强迫人牺牲了个性去侍奉白痴的社会，——美其名曰迎合社会心理，——那简直与借了伦常之名强人忠君，借了国家之名强人战争一样的不合理了。

有人说道，据你所说，那么你所主张的文艺，一定是人生派的艺术了。泛称人生派的艺术，我当然是没有什么反对，但是普通所谓人生派是主张"为人生的艺术"的，对于这个我却有一点意见。"为艺术的艺术"将艺术与人生分离，并且将人生附属于艺术，至于如王尔德的提倡人生之艺术化，固然不很妥当；"为人生的艺术"以艺术附属于人生，将艺术当作改造生活的工具而非终极，也何尝不把艺术与人生分离呢？我以为艺术当然是人生的，因为他本是我们感情生活的表现，叫他怎能与人生分离？"为人生"——于人生有实利，当然也是艺术本有的一种作用，但并非唯一的职务。总之艺术是独立的，却又原来是人性的，所以既不必使他隔离人生，又不必使他服侍人生，只任他成为浑然的人生的艺术便好了。"为艺术"派以个人为艺术的工匠，"为人生"派以艺术为人生的仆役；现在却以个人为主人，表现情思而成艺术，即为其生活之一部，初不为福利他人而作，而他人接触这艺术，得到一种共鸣与感兴，使其精神生活充实而丰富，又即以为实生活的基本；这是人生的艺术的要点，有独立的艺术美与无形的功利。我所说的蔷薇地丁的种作，便是如此：有些人种花聊以消遣，有些人种花志在卖钱，真种花者以种花为其生活，——而花亦未尝不美，未尝于人无益。

谈天

人是合群的动物,他最怕的是孤独。人生在世上,负着两重的义务,一是种族的生存,一是个体的生存。古人说过,孤阳不生,孤阴不长,欲求种族的生存,孤独固然是不行,就是个体的生存,也须得众人着力,才能维持,几万年来的经验便养成了爱群的习性。除了参禅坐关,做苦功学道的人以外,谁都不能安于寂寞,总喜欢和人往来,谈不关紧要的天,我们大家坐航船,坐茶店时的情形,顶明白的可以看得出来。这种谈话看去似乎是闲扯淡,白耗费时光的,其实也并不然,倒是颇有意义的。普通谈话的内容很是凌乱复杂,但在听众的立场说来,从那里所得到来的可以有这几种东西。一是事实,不管这是赵匡胤的龙虎斗,泥马渡康王,或是红灯照的女人,桃花山的好汉,传说也罢,谣言也罢,都归入旧闻新闻一类,因为此外得不着正当的报道。二是论理,从大家的阅历上得到的教训,是很好的参考,至于这多是适应封建社会的,那是时代如此,也是不得已的。三是娱乐,说故事讲笑话固然是的,便是大家发表自己的意见与感情,在融和的空气之中,听的说的都感得一种满足。这样看来,谈话的作用原是很好的,问题只在把内容弄好,就可以有好的结果。我们写些小文章,自然一部分原因由于"以工代赈",实也别有供求关系,因为这是风干的谈话,是供喜欢谈天的人不时之需的,需求总是存在,只要供给者能有不害卫生的货色拿出来,不误主顾就好了。

唁辞

昨日傍晚，妻得到孔德学校的陶先生的电话，只是一句话，说："齐可死了——"齐可是那边的十年级学生，听说因患胆石症，往协和医院乞治，后来因为待遇不亲切，改进德国医院，于昨日施行手术，遂不复醒。她既是校中高年级生，又天性豪爽而亲切，我家的三个小孩初上学校，都很受她的照管，好像是大姊一样，这回突然死别，孩子们虽然惊骇，却还不能了解失却他们老朋友的悲哀，但是妻因为时常往学校也和她很熟，昨天闻信后为茫然久之，一夜都睡不着觉，这实在是无怪的。

死总是很可悲的事，特别是青年男女的死，虽然死的悲痛不属于死者而在于生人。照常识看来，死是还了自然的债，与生产同样地严肃而平凡，我们对于死者所应表示的是一种敬意，犹如我们对于走到标杆下的竞走者，无论他是第一者或是中途跌过几跤而最终走到。在中国现在这样的状况之下，"死之赞美者"的话未必全无意义，那么"年华虽短而忧患亦少"也可以说是好事，即使尚未能及未见日光者的幸福。然而在死者纵使真是安乐,在生人总是悲痛。我们哀悼死者,并不一定是在体察他灭亡之苦痛与悲哀,实在多是引动追怀,痛切地发生今昔存殁之感。无论怎样地相信神灭,或是厌世,这种感伤恐终不易摆脱。日本诗人小林一茶在《俺的春天》里记他的女儿聪女之死,有这几句:

>……她遂于六月二十一日与蕣华同谢此世。母亲抱着死儿的脸荷荷的大哭,这也是难怪的了。到了此刻,虽然明知逝水不归,落花不再返枝,但无论怎样达观,终于难以断念的,正是这恩爱的羁绊。〔诗曰:〕
>
>露水的世呀,
>
>虽然是露水的世,
>
>虽然是如此。

虽然是露水的世,然而自有露水的世的回忆,所以仍多哀感。梅特林克在《青鸟》上有一句平庸的警句曰:"死者生存在活人的记忆上。"齐女士在世十九年,在家庭学校,亲族友朋之间,当然留下许多不可磨灭的印象,随在足以引起悲哀,我们体念这些人的心情,实在不胜同情,虽然别无劝慰的话可说。死本是无善恶的,但是它加害于生人者却非浅鲜,也就不能不说它是恶的了。

不知道人有没有灵魂,而且恐怕以后也永不会知道,但我对于希冀死后生活之心情觉得很能了解。人在死后倘尚有灵魂的存在如生前一般,虽然推想起来也不免有些困难不易解决,但固此不特可以消除灭亡之恐怖,即所谓恩爱的羁绊,也可得到适当的安慰。人有什么不能满足的愿望,辄无意地投影于仪式或神话之上,正如表示在梦中一样。传说上李夫人杨贵妃的故事,民俗上童男女死后被召为天帝侍者的信仰,都是无聊之极思,却也是真的人情之美的表现:我们知道这是迷信,但我确信这样虚幻的迷信里也自有美与善的分子存在。这于死者的家人亲友是怎样好的一种慰藉,倘若他们相信——只要能够相信,百岁之后,或者乃至梦中夜里,仍得与已死的亲爱者相聚,相见!然而,可惜我们不相应地受到了科学的灌洗,既失却先人的可祝福的愚蒙,又没有养成画廊派哲人的超绝的坚忍,其结果是恰如牙根里露出的神经,因了冷风热气随时益增其痛楚。对于幻灭的现代人之遭逢不幸,我们于此更不得不特别表示同情之意。

我们小女儿若子生病的时候,齐女士很惦念她;现在若子已经好起来,还没有到学校去和老朋友一见面,她自己却已不见了。日后若干回忆起来时,也当永远是一件遗恨的事吧。

十字街头的塔

厨川白村著有两本论文集,一本名《出了象牙之塔》,又有一本名为《往十字街头》,表示他要离了纯粹的艺术而去管社会事情的态度。我现在模仿他说,我是在十字街头的塔里。

我从小就是十字街头的人。我的故里是华东的西朋坊口,十字街的拐角有四家店铺,一个麻花摊,一爿矮癞胡所开的泰山堂药店,一家德兴酒店,一间水果店,我们都称这店主人为华佗,因为他的水果奇贵有如仙丹。以后我从这条街搬到那条街,吸尽了街头的空气,所差者只没有在相公殿里宿过夜,因此我虽不能称为道地的"街之子",但总是与街有缘,并不是非戴上耳朵套不能出门的人物,我之所以喜欢多事,缺少绅士态度,大抵即由于此,从前祖父也骂我这是下贱之相。话虽如此,我自认是引车卖浆之徒,却是要乱想的一种,有时想掇个凳子坐了默想一会,不能像那些"看看灯的"人们长站在路旁,所以我的卜居不得不在十字街头的塔里了。

说起塔来,我第一想到的是故乡的怪山上的应天塔。据说琅琅郡的东武山，一夕飞来，百姓怪之，故曰怪山，后来怕它又要飞去，便在上边造了一座塔。开了前楼窗一望，东南角的一幢塔影最先映到眼里来，中元前后塔上满点着老太婆们好意捐助去照地狱的灯笼，夜里望去更是好看。可惜在宣统年间塔竟因此失了火，烧得只剩了一个空壳，不能再容老太婆上去点灯笼了，十年前我曾同一个朋友去到塔下徘徊过一番，拾了一块断砖，砖端有阳文楷书六字曰"护国禅师月江"，——终于也没有查出这位和尚是什么人。

但是我所说的塔，并不是那"窣堵波"，或是"救人一命胜造七级浮图"的那件东西，实在是像望台角楼之类，在西国称作——用了大众欢迎的习见的音义译写出来——"塔围"的便是；非是异端的，乃是帝国主义的塔。浮图里静坐默想本颇适宜，现在又什么都正在佛化，住在塔里也很时髦，不过我的默想一半却是口实，我实是想在喧闹中得安全地，有如前门的珠宝店之预备着铁门，虽然廊房头条的大楼别有禳灾的象征物。我在十字街头久混，到底还没有入他们的帮，挤在市民中间，有点不舒服，也有点危险（怕被他们挤坏我的眼镜），所以最好还是坐在角楼上，喝过两斤黄酒，望着马路吆喝几声，以出心中闷声，不高兴时便关上楼窗，临写自己的《九成宫》，多么自由而且写意。写到这里忽然想起欧洲中古的民间传说，木板画上表出哈多主教逃避怨鬼所化的鼠妖，躲在荒岛上好像大烟通似的砖塔内，露出头戴僧冠的上半身在那里着急，一大队老鼠都渡水过来，有几只大老鼠已经爬上塔顶去了，——后来这位主教据说终于被老鼠们吃下肚去。你看，可怕不可怕？这样说来，似乎那种角楼又不很可靠了。但老鼠可进，人则不可进，反正我不去结怨于老鼠，也就没有什么要紧。我再想到前门外铁栅门之安全，觉得我这塔也可以对付，倘若照雍涛先生的格言亭那样建造，自然更是牢固了。

别人离了象牙的塔走往十字街头，我却在十字街头造起塔来住，未免似乎取巧罢？我本不是任何艺术家，没有象牙或牛角的塔，自然是站在街头的了，然而又有点怕累，怕挤，于是只好住在临街的塔里，这是自然不过的事。只是在现今中国这种态度最不上算，大众看见塔，便说这是智识阶级（就有罪），绅士商贾见塔在路边，便说这是党人（应取缔）。不过这也没有什么妨害，还是如水竹村人所说"听其自然"，不去管它好罢，反正这些闲话都靠不住也不会久的。老实说，这塔与街本来并非不相干的东西，不问世事而缩入塔里原即是对于街头的反动，出在街头说道工作的人也仍有他们的塔，因为他们自有其与大众乖戾的理想。总之只有预备跟着街头的群众去瞎撞胡混，不想依着自己的意见说一两句话的人，才真是没有他的塔。所以我这塔也不只是我一个人有，不过这个名称是由我替他所取的罢了。

关于命运

我近来很有点相信命运。那么难道我竟去请教某法师某星士，要他指点我的流年或终身的吉凶么？那也未必。这些要知道我自己都可以知道，因为知道自己应该无过于自己。我相信命运，所凭的不是吾家易经神课，却是人家的科学术数。我说命，这就是个人的先天的质地，今云遗传。我说运，是后天的影响，今云环境。二者相乘的结果就是数，这个字读如数学之数，并非虚无缥缈的话，是实实在在的一个数目，有如从甲乙两个已知数做出来的答案，虽曰未知数而实乃是定数也。要查这个定数须要一本对数表，这就是历史。好几年前我就劝人关门读史，觉得比读经还要紧还有用，因为经至多不过是一套准提咒罢了，史却是一座孽镜台，他能给我们照出前因后果来也。我自己读过一部《纲鉴易知录》，觉得得益匪浅，此外还有《明季南北略》和《明季稗史汇编》，这些也是必读之书，近时印行的《南明野史》可以加在上面，盖因现在情形很像明季也。

日本永井荷风著《江户艺术论》十章，其《浮世绘之鉴赏》第五节论日本与比利时美术的比较，有云：

> 我反省我自己是什么呢，我非威耳哈伦（Verhaeren）似的比利时人而是日本人也，生来就和他们的运命及境遇迥异的东洋人也。恋爱的至情不必说了，凡对于异性之性欲的感觉悉视为最大的罪恶，我辈即奉戴着此法制者也。承受"胜不过啼哭的小孩和地主"的教训的人类也，知道"说话则唇寒"的国民也。使威耳哈伦感奋的那滴着鲜血的肥羊肉与芳醇的蒲桃酒与强壮的妇女的绘画，都于我有什么用呢。呜呼，我爱浮世绘。苦海十年为亲卖身的游女的绘姿使我泣。凭倚竹窗茫然看着流水的艺妓的姿态使我喜。卖宵夜面的纸灯寂寞地停留在河边的夜景使我醉。雨夜啼月的杜鹃，阵雨中散落的秋天木叶，落花飘风的钟声，途中日暮的山路的雪，凡是无常无告无望的，使人无端嗟叹此世只是一梦的，这样的一切东西，于我都是可亲，于我都是可怀。

又第三节中论江户时代木板画的悲哀的色彩云：

> 这暗示出那样黑暗时代的恐怖与悲哀与疲劳，在这一点上我觉得正如闻娼妇啜泣的微声，深不能忘记那悲苦无告的色调。我与现社会相接触，常见强者之极其强暴而感到义愤的时候，想起这无告的色彩之美，因了潜存的哀诉的旋律而将黑暗的过去再现出去，我忽然了解东洋固有的专制的精神之为何，深悟空言正义之不免为愚了。希腊美术发生于以亚坡隆为神的国土，浮世绘则由与虫豸同样的平民之手制作于日光晒不

到的小胡同的杂院里。现在虽云时代全已变革,要之只是外观罢了。若以合理的眼光一看破其外皮,则武断政治的精神与百年以前毫无所异。江户木板画之悲哀的色彩至今全无时间的间隔,深深沁入我们的胸底,常传亲密的私语者,盖非偶然也。

荷风写此文时在大正二年(一九一三)正月,已发如此慨叹,二十年后的今日不知更怎么说,近几年的政局正是明治维新的平反,"幕府"复活,不过是以阶级而非一家系的,岂非建久以来七百余年的征夷大将军的威力太大,六十年的尊王攘夷的努力丝毫不能动摇,反而自己没落了么?以上是日本的好例。

我们中国又如何呢?我说现今很像明末,虽然有些热心的文人学士听了要不高兴,其实是无可讳言的。我们且不谈那建夷,流寇,方镇,宦官以及饥荒等,只说八股和党社这两件事罢。清许善长著《碧声吟馆谈麈》卷四有论八股一则,中有云:

> 功令以时文取士,不得不为时文。代圣贤立言,未始不是,然就题作文,各肖口吻,正如优孟衣冠,于此而欲徵其品行,觇其经济,真隔膜矣。卢抱经学士云,时文验其所学而非所以为学也,自是通论。至景范之言曰,秦坑儒不过四百,八股坑人极于天下后世,则深恶而痛疾之也。明末东林党祸惨酷尤烈,竟谓天子可欺,九庙可毁,神州可陆沉,而门户体面决不可失,终止于亡国败家而不悔,虽曰气运使然,究不知是何居心也。

明季士大夫结党以讲道学,结社以作八股,举世推重,却不知其于国家有何用处,如许氏说则其为害反是很大。明张岱的意见与许氏同，其《与李砚翁书》云：

> 夫东林自顾泾阳讲学以来，以此名目祸我国家者八九十年，以其党升沉用占世数兴败，其党盛则为终南之捷径，其党败则为元祐之党碑，风波水火，龙战于野，其血玄黄，朋党之祸与国家相为终始。盖东林首事者实多君子，窜入者不无小人，拥戴者皆为小人，招来者亦有君子。……东林之中，其庸庸碌碌者不必置论，如贪婪强横之王图，奸险凶暴之李三才，闯贼首辅之项煜，上笺劝进之周钟，以至窜入东林，乃欲俱奉之以君子，则吾臂可断决不敢徇情也。东林之尤可丑者，时敏之降闯贼曰，"吾东林时敏也"，以冀大用。鲁王监国，蕞尔小朝廷，科道任孔当辈犹曰，"非东林不可进用"，则是东林二字直与蕞尔鲁国及汝偕亡者。

明朝的事归到明朝去，我们本来可以不管，可是天下事没有这样如意，有些痴颠恶疾都要遗传，而恶与癖似亦不在例外：我们毕竟是明朝人的子孙，这笔旧账未能一笔勾消也。——虽然我可以声明，自明正德时始迁祖起至于现今，吾家不曾在政治文学上有过什么作为，不过民族的老账我也不想赖，所以所有一切好坏事情仍然担负四百兆分之一。

我们现在且说写文章的。代圣贤立言，就题作文，各肖口吻，正如优孟衣冠，是八股时文的特色，现今有多少人不是这样的？功令以时文取士，岂非即文艺政策之一面，而又一面即是文章报国乎？读经是中国固有的老嗜好，却也并不与新人不相容，不读这一经也该读别一经的。近来听说有单骂人家读《庄子》《文选》的，这必有甚深奥义，假如不是对人非对事。这种事情说起来很长，好像是专找拿笔杆的开玩笑，其实只是借来作个举一反三的例罢了。万物都逃不脱命运。我们在报纸上常看见枪毙毒犯的新闻，有些还高兴去附加一个照相的插图。毒贩之死于厚利是容易明了的，至于再吸犯便很难懂，他们何至于爱白面过于生命呢？第一，中国人大约特别有一种麻醉享受性，即俗云嗜好。第二，中国人富的闲得无聊，穷的苦得不堪，以麻醉消遣。有友好之劝酬，有贩卖之便利，以麻醉玩弄。卫生不良，多生病痛，医药不备，无法治疗，以麻醉救急。如是乃上瘾，法宽则蔓延，法严则骈诛矣。此事为外国或别的殖民地所无，正以此种癖性与环境亦非别处所有耳。我说麻醉享受性，殊有杜撰生造之嫌，此正亦难免，但非全无根据，如古来的念咒画符读经惜字唱皮黄做八股叫口号贴标语皆是也，或以意，或以字画，或以声音，均是自己麻醉，而以药剂则是他力麻醉耳。考虑中国的现在与将来的人士必须要对于他这可怕的命运知道畏而不惧，不讳言，敢正视，处处努力要抓住它的尾巴而不为所缠绕住，才能获得明智，死生吉凶全能了知，然而此事大难，真真大难也。

我们没有这样本领的只好消极地努力，随时反省，不能减轻也总不要去增长累世的恶业，以水为鉴，不到政治文学坛上去跳旧式的戏，庶几下可对得起子孙，虽然对于祖先未免少不肖，然而如孟德斯鸠临终所言，吾力之微正如帝力之大，无论怎么挣扎不知究有何用？日本失名的一句小诗云：

　　虫呵虫呵，难道你叫着，"业"便会尽了么？

伟大的捕风

我最喜欢读《旧约》里的《传道书》。传道者劈头就说："虚空的虚空"，接着又说道，"已有的事后必再有，已行的事后必再行。日光之下并无新事。"这都是使我很喜欢读的地方。

中国人平常有两种口号，一种是说人心不古，一种是无论什么东西都说古已有之。我偶读拉瓦尔（Lawall）的《药学四千年史》，其中说及世界现存的埃及古文书，有一卷是基督前二千二百五十年的写本（照中国算来大约是舜王爷登基的初年），里边大发牢骚，说人心变坏，不及古时候的好云云，可见此乃是古今中外共通的意见，恐怕那天雨粟时夜哭的鬼的意思也是如此吧。不过这在我无从判断，所以只好不赞一词，而对于古已有之说则颇有同感，虽然如说潜艇即古之螺舟，轮船即隋炀帝之龙舟等类，也实在不敢恭维。我想，今有的事古必已有，说的未必对，若云已行的事后必再行，这似乎是无可疑的了。

世上的人都相信鬼，这就证明我所说的不错。普通鬼有两类。一是死鬼，即有人所谓幽灵也，人死之后所化，又可投生为人，轮回不息。二是活鬼，实在应称僵尸，从坟墓里再走到人间，《聊斋》里有好些他的故事。此二者以前都已知道，新近又有人发现一种，即梭罗古勃（Sologub）所说的"小鬼"，俗称当云遗传神君，比别的更是可怕了。易卜生在《群鬼》这本剧中，曾借了阿尔文夫人的口说道，"我觉得我们都是鬼。不但父母传下来的东西在我们身体里活着，并且各种陈旧的思想信仰这一类的东西也都存留在里头。虽然不是真正的活着，但是埋伏在内也是一样。我们永远不要想脱身。有时候我拿起张报纸来看，我眼里好像看见有许多鬼在两行字的夹缝中间爬着。世界上一定到处都有鬼。他们的数目就像沙粒一样的数不清楚。"（引用潘家洵先生译文）我们参照法国吕滂（Le Bon）的《民族发展之心理》，觉得这小鬼的存在是万无可疑，古人有什么守护天使，三尸神等话头，如照古已有之学说，这岂不就是一则很有趣味的笔记材料么？

无缘无故疑心同行的人是活鬼，或相信自己心里有小鬼，这不但是迷信之尤，简直是很有发疯的意思了。然而没有法子。只要稍能反省的朋友，对于世事略加省察，便会明白，现代中国上下的言行，都一行行地写在二十四史的鬼账簿上面。画符，念咒，这岂不是上古的巫师，蛮荒的"药师"的勾当？但是他的生命实在是天壤无穷，在无论哪一时代，还不是一样地在青年老年，公子女公子，诸色人等的口上指上乎？即如我胡乱写这篇东西，也何尝不是一种鬼画符之变相？只此一例足矣！

已有的事后必再有，已行的事后必再行，此人生之所以为虚空的虚空也欤？传道者之厌世盖无足怪。他说，"我又专心察明智慧狂妄和愚昧，乃知这也是捕风，因为多有智慧就多有愁烦，加增知识就加增忧伤。"话虽如此，对于虚空的唯一的办法其实还只有虚空之追迹，面对于狂妄与愚昧之察明乃是这虚无的世间第一有趣味的事，在这里我不得不和传道者的意见分歧了。勃阑特思（Brandes）批评弗罗倍尔（Flaubert）说他的性格是用两种分子合成，"对于愚蠢的火烈的憎恶，和对于艺术的无限的爱。这个憎爱，与凡有的憎恶一例，对于所憎恶者感到一种不可抗的牵引。各种形式的愚蠢，如愚行迷信自大不宽容都磁力似的吸引他，感发他。他不得不一件件的把他们描写出来。"我听说从前张献忠举行殿试，试得一位状元，十分宠爱，不到三天忽然又把他"收拾"了，说是因为实在"太心爱这小子"的缘故，就是平常人看见可爱的小孩或女人，也恨不得一口水吞下肚去，那么倒过来说，憎恶之极反而喜欢，原是可以，殆正如金圣叹说，留得三四癞疮，时呼热汤关门澡之，亦是不亦快哉之一也。

察明同类之狂妄和愚昧，与思索个人的老死病苦，一样是伟大的事业，积极的人可以当一种重大的工作，在消极的也不失为一种有趣的消遣。虚空尽由它虚空，知道它是虚空，而又偏去追迹，去察明，那么这是很有意义的，这实在可以当得起说是伟大的捕风。法儒巴思加耳（Pascal）在他的《感想录》上曾经说过：

人只是一根芦苇，世上最脆弱的东西，但他是一根会思想的芦苇。这不必要世间武装起来，才能毁坏他。只须一阵风，一滴水，便足以弄死他了。但即使宇宙害了他，人总比他的加害者还要高贵，因为他知道他是将要死了，知道宇宙的优胜，宇宙却一点不知道这些。

两个鬼的文章

鄙人读书于今五十年,学写文章亦四十年矣,累计起来已有九十年,而学业无成,可为叹息。但是不论成败,经验总是事实,可以说是功不唐捐的,有如买旧墨买石章,花了好些冤钱,不曾得到甚么好东西,可是这双眼睛磨炼出来一点功夫,能够辨别好坏了,因为他知道花钱买了些次货,即此便是证据。我以数十年的光阴用在书卷笔墨上面,结果只得到这一个觉悟,自己的文章写不好,古人的思想可取的也不多。这明明是一个失败,但这失败是很值得的,比起古今来自以为成功的人,总是差胜一筹了。陆放翁《冬夜对书卷有感》诗中有句云:"万卷虽多当具眼,一言惟恕可铭膺。"这话说得很好,可是两句话须是分开来说,恕字终身可行,是属于处世接物的事,若是读书既当具眼,就万不能再客气,固然不可故意苛刻,总之要有自信,看了贵人和花子同样不眨眼的态度。以前读《论语》,多少还徇俗论,特别看重他,近来觉得这态度不诚实,就改正了,黄式三的《论语后案》我以为颇好,但仔细阅过之后，我想这也是诸子之一，与老庄佛经都有可取处，若要作为现代国民的经训缺漏甚多，虽然原是儒家思想的重要史料。看古人的言论，有如披沙拣金，并不是全无所得，却是非常苦劳，而且略不当心，便要上当，不但认鱼目为明珠，见笑大方，或者误食蝘蜓，有中毒之危险。我以多年的苦辛，于此颇有所见，古人云，只可自怡悦，不堪持赠君，今则持赠固难得解人，中国事情想来很多懊恼，因此亦不见得可怡悦。只是生为中国人，关于中国的思想文章总该知道个大概，现在既能以自力略为辨别，不落前人的窠臼，未始不是可喜的事也。

我所写的文章都是小篇，所以篇数颇多，至于自己觉得满意的实在也没有，所以文章是自己的好，这句成语在我并不一定是确实的。人家看来不知道是如何？这似乎有两种说法。其一是说我所写的都是谈吃茶喝酒的小品文，不是革命的，要不得。其二又说可惜少写谈吃茶喝酒的文章，却爱讲那些顾亭林所谓国家治乱之原，生民根本之计，与文学离得太远。这两派对我的看法迥异，可是看重我的闲适的小文，在这一点上是意见相同的。我的确写了些闲适文章，但同时也写正经文章，而这正经文章里面更多的含有我的思想和意见，在自己更觉得有意义。甲派的朋友认定闲适文章做目标，至于别的文章一概不提，乙派则正相反，他明白看出这两类文章，却是赏识闲适的在正经文章之上。因为各人的爱好不同，原亦言之成理，我不好有甚么异议，但这一点说明似乎必要。我写闲适文章，确是吃茶喝酒似的，正经文章则仿佛是馒头或大米饭。在好些年前我做了一篇小文，说我的心中有两个鬼，一个是流氓鬼，一个是绅士鬼。这如说得好一点,也可以说叛徒与隐士,但也不必那么说,所以只说流氓与绅士就好了。我从民国八年在《每周评论》上写《祖先崇拜》和《思想革命》两篇文章以来,意见一直没有甚么改变,所主张的是革除三纲主义的伦理以及附属的旧礼教旧气节旧风化,等等,这种态度当然不能为旧社会的士大夫所容,所以只可自承是流氓的。《谈虎集》上下两册中所收自《祖先崇拜》起,以至《永日集》的《闭户读书论》止,前后整十年间乱说的真不少,那时北京正在混乱黑暗时期,现在想起来,居然容得这些东西印出来,当局的宽大也总是难得的了。但是杂文的名誉虽然好,整天骂人虽然可以出气,久了也会厌足,而且我不主张反攻的,一件事来回的指摘论难,这种细巧工作非我所堪,所以天性不能改变,而兴趣则有转移,有时想写点闲适的所谓小品,聊以消遣,这便是绅士鬼出头来的时候了。话虽如此,这样的两个段落也并不分得清,有时是综错间隔的,在个人固然有此不同的嗜好,在工作上也可以说是调剂作用,所以要指定那个时期专写闲适或正经文章,实在是不可能的事。去年写过一篇《灯下读书论》,与十七年所写的《闭户读书论》相比,时间相隔十有六年,却是同样的正经文章,而在这中间写了不少零碎文字,性质很不一律,正是一个好例。

民国十四年《雨天的书》序中说:

> 我平素最讨厌的是道学家,岂知这正因为自己是一个道德家的缘故。我想破坏他们的伪道德不道德的道德,其实却同时非意识地想建设起自己所信的新的道德来。

三十三年《苦口甘口》序中又云:

> 我一直不相信自己能写好文章,如或偶有可取,那么所可取者也当在于思想而不是文章。总之我是不会做所谓纯文学的,我写文章总是有所为,于是不免于积极,这个毛病大约有点近于吸大烟的瘾,虽力想戒除而甚不容易,但想戒的心也常是存在的。

这也可以算作一例,其间则相差有二十个年头了。我未尝不知道谦虚是美德,也曾努力想学,但又相信过谦也就是不诚实,所以有时不敢不直说,特别是自己觉得知之为知之的时候,虽然仿佛似乎不谦虚也是没有法子。自从《新青年》《每周评论》及《语丝》以来,不断的有所写作,我自信这于中国不是没意义的事,当时有陈独秀钱玄同鲁迅诸人也都尽力于这个方向,现今他们已经去世了,新起来的自当有人,不过我孤陋寡闻不曾知道。做这种工作并不是图甚么名与利,世评的好坏全不足计较,只要他认识得真,就好。我自己相信,我的反礼教思想是集合中外新旧思想而成的东西,是自己诚实的表现,也是对于本国真心的报谢,有如道士或狐所修炼得来的内丹,心想献出来,人家收受与否那是别一问题,总之在我是最贵重的贡献了。至于闲适的小品我未尝不写,却不是我主要的工作,如上文说过,只是为消遣或调剂之用,偶尔涉笔而已。外国的作品,如英吉利法阑西的随笔,日本的俳文,以及中国的题跋笔记,平素也稍涉猎,很是爱好,不但爱诵,也想学了做,可是自己知道性情才力都不及,写不出这种文字,只有偶然撰作一二篇,使得思路笔调变换一下,有如饭后喝一杯浓普洱茶之类而已。这种文章材料难找,调理不易。其实材料原是遍地皆是,牛溲马勃只要使用得好，无不是极妙文料，这里便有作者的才情问题，实做起来没有空说这样容易了。我的学问根柢是儒家的，后来又加上些佛教的影响，平常的理想是中庸，布施度忍辱度的意思也颇喜欢，但是自己所信毕竟是神灭论与民为贵论，这便与诗趣相远，与先哲疾虚妄的精神合在一起，对于古来道德学问的传说发生怀疑，这样虽然对于名物很有兴趣，也总是赏鉴里混有批判，几篇《草木虫鱼》有的便是这种毛病，有的心想避免而生了别的毛病，即是平板单调。那种平淡而有情味的小品文我是向来仰慕，至今爱读，也是极想仿做的，可是如上文所述实力不够，一直未能写出一篇满意的东西来。以此与正经文章相比，那些文章也是同样写不好，但是原来不以文章为重，多少总已说得出我的思想来了，在我自己可以聊自满足的了。乙派以为闲适的文章更好，希望我多作，未免错认门面，有如云南火腿店带卖普洱茶，他便要求他专开茶栈，虽然原出好意，无奈栈房里没有这许多货色，摆设不起来，此种实情与苦衷亦期望友人予以谅解者也。以店而论，我这店是两个鬼合开的，而其股份与生意的分配究竟绅士鬼还只居其小部分，所以结果如此，亦正是为事实所限，无可如何也。

我不承认是文士，因为既不能写纯文学的文章，又最厌恶士流，即所谓清流名流者是也。中国的士大夫的遗传性是言行不一致，所作的事是做八股、吸鸦片、玩小脚、争权夺利，却是满口的礼教气节，如大花脸说白，不再怕脸红，振古如斯，于今为烈。人生到此，吾辈真以摆脱士籍，降于堕贫为荣幸矣。我又深自欣幸的是凡所言必由衷，非是自己真实相信以为当然的事理不敢说，而且说了的话也有些努力实行，这个我自己觉得是值得自夸的。其实这样的做也只是人之常道，有如人不学狗叫或去咬干矢橛，算不得甚么奇事，然而在现今却不得不当作奇事说，这样算来我的自夸也就很是可怜的了。我平常自己知道思想知识极是平凡，精神也还健全，不至于发疯打人或自大称王，可是近来仔细省察，乃觉得谦逊与自信同时并进，难道真将成为自大狂了么？假如这样下去，我很忧虑会使得我堕落。俗语云，无鸟村里蝙蝠称王。蝙蝠本何足道，可哀的是无鸟村耳，而蝙蝠乃幸或不幸而生于如是村，悲哉悲哉，蝙蝠如竟代燕雀而处于村之堂屋，则诚为蝙蝠与村的最大不幸矣。

真实是个多余的人

闭户读书论

自唯物论兴而人心大变。昔者世有所谓灵魂等物，大智固亦以轮回为苦，然在凡夫则未始不是一种慰安，风流士女可以续未了之缘，壮烈英雄则曰，"二十年后又是一条好汉"。

但是现在知道人的性命只有一条，一失足成千古恨，再回头已百年身，只有上联而无下联，岂不悲哉！固然，知道人生之不再，宗教的希求可以转变为社会运动，不求未来的永生，但求现世的善生，勇猛地冲上前去，造成恶活不如好死之精神，那也是可能的。然而在大多数凡夫却有点不同，他的结果不但不能砭顽起懦，恐怕反要使得懦夫有卧志了罢。"此刻现在"，无论在相信唯物或是有鬼论者都是一个危险时期。除非你是在做官，你对于现时的中国一定会有好些不满或是不平。这些不满和不平积在你的心里，正如噎隔患者肚里的"痞块"一样，你如没有法子把他除掉，总有一天会断送你的性命。那么，有什么法子可以除掉这个痞块呢？我可以答说，没有好法子。假如激烈一点的人，且不要说动，单是乱叫乱嚷起来，想出出一口鸟气，那就容易有共党朋友的嫌疑，说不定会同逃兵之流一起去正了法。有鬼论者还不过白折了二十年光阴，只有一副性命的就大上其当了。忍耐着不说呢，恐怕也要变成忧郁病，倘若生在上海，迟早总跳进黄浦江里去，也不管公安局钉立的木牌说什么死得死不得。结局是一样，医好了烦闷就丢掉了性命，正如门板夹直了驼背。

那么怎么办好呢？我看，苟全性命于乱世是第一要紧，所以最好是从头就不烦闷。不过这如不是圣贤，只有做官的才能够，如上文所述，所以平常下级人民是不能仿效的。其次是有了烦闷去用方法消遣。抽大烟，讨姨太太，赌钱，住温泉场等，都是一种消遣法，但是有些很要用钱，有些很要用力，寒士没有力量去做。我想了一天才算想到了一个方法，这就是"闭户读书"。

记得在没有多少年前曾经有过一句很行时的口号，叫做"读书不忘救国"。其实这是很不容易的。西儒有言，二鸟在林不如一鸟在手，追两兔者并失之。幸而近来"青运"已经停止，救国事业有人担当，昔日辘轳体的口号今成截上的小题，专门读书，此其时矣，闭户云者，聊以形容，言其专一耳，非真辟札则不把卷，二者有必然之因果也。

但是，敢问读什么呢？《经》，自然，这是圣人之典，非读不可的，而且听说三民主义之源盖出于《四书》，不特维礼教即为应考试计，亦在所必读之列，这是无可疑的了。但我所觉得重要的还是在于乙部，即是四库之史部。老实说，我虽不大有什么历史癖，却是很有点历史迷的。我始终相信《二十四史》是一部好书，他很诚恳地告诉我们过去曾如此,现在是如此,将来要如此。历史所告诉我们的在表面的确只是过去,但现在与将来也就在这里面了:正史好似人家祖先的神像,画得特别庄严点,从这上面却总还看得出子孙的面影,至于野史等更有意思,那是行乐图小照之流,更充足地保存真相,往往令观者拍案叫绝,叹遗传之神妙。正如獐头鼠目再生于十世之后一样,历史的人物亦常重现于当世的舞台,恍如夺舍重来,慑人心目,此可怖的悦乐为不知历史者所不能得者也。通历史的人如太乙真人目能见鬼,无论自称为什么,他都能知道这是谁的化身,在古卷上找得他的原形,自盘庚时代以降——具在,其一再降凡之迹若示诸掌焉。浅学者流妄生分别,或以二十世纪,或以北伐成功,或以农军起事划分时期,以为从此是另一世界,将大有改变,与以前绝对不同,仿佛是旧人霎时死绝,新人自天落下,自地涌出,或从空桑中跳出来,完全是两种生物的样子:此正是不学之过也。

宜趁现在不甚适宜于说话做事的时候,关起门来努力读书,翻开故纸,与活人对照,死书就变成活书,可以得道,可以养生,岂不懿欤?——喔,我这些话真说得太抽象而不得要领了。但是,具体的又如何说呢?我又还缺少学问,论理还应少说闲话,多读经史才对,现在赶紧打住罢。

灯下读书论

以前所做的打油诗里边,有这样的两首是说读书的,今并录于后。其辞曰:

　　饮酒损神茶损气,读书应是最相宜,圣贤已死言空在,手把遗编未忍披。

　　未必花钱逾黑饭,依然有味是青灯,偶逢一册长恩阁,把卷沉吟过二更。

这是打油诗,本来严格的计较不得。我曾说以看书代吸纸烟,那原是事实,至于茶与酒也还是使用,并未真正戒除。书价现在已经很贵,但比起土膏来当然还便宜得不少。这里稍有问题的,只是青灯之味到底是怎么样。古人诗云,青灯有味似儿时。出典是在这里了,但青灯究竟是怎么一回事呢?同类的字句有红灯,不过那是说红纱灯之流,是用红东西糊的灯,点起火来整个是红色的,青灯则并不如此,普通的说法总是指那灯火的光。苏东坡曾云,纸窗竹屋,灯火青荧,时于此间,得少佳趣。这样情景实在是很有意思的，大抵这灯当是读书灯，用清油注瓦盏中令满，灯芯作炷，点之光甚清寒，有青荧之意，宜于读书，消遣世虑，其次是说鬼，鬼来则灯光绿，亦甚相近也。若蜡烛的火便不相宜，又灯火亦不宜有蔽障，光须裸露，相传东坡夜读佛书，灯花落书上烧却一僧字，可知古来本亦如是也。

至于用的是什么油，大概也很有关系，平常多用香油即菜子油，如用别的植物油则光色亦当有殊异，不过这些迂论现在也可以不必多谈了。总之这青灯的趣味在我们曾在菜油灯下看过书的人是颇能了解的，现今改用了电灯，自然便利得多了，可是这味道却全不相同，虽然也可以装上青蓝的磁罩，使灯光变成青色，结果总不是一样。所以青灯这字面在现代的词章里，无论是真诗或是谐诗，都要打个折扣，减去几分颜色，这是无可如何的事。好在我这里只是要说明灯右观书的趣味，那些小问题都没有什么关系，无妨暂且按下不表。

圣贤的遗编自然以孔孟的书为代表，在这上边或者可以加上老庄吧。长恩阁是大兴傅节子的书斋名，他的藏书散出，我也收得了几本，这原是很平常的事，不值得怎么吹嘘，不过这里有一点特别理由。我有的一种是两小册抄本，题曰《明季杂志》。傅氏很留心明末史事，看《华延年室题跋》两卷中所记，多是这一类书，可以知道，今此册又是随手抄录，并未成书，没有多大价值，但是我看了颇有所感。明季的事去今已三百年，并鸦片洪杨义和团诸事变观之，我辈即使不是能惧思之人，亦自不免沉吟，初虽把卷终亦掩卷，所谓过二更者乃是诗文装点语耳。那两首诗说的都是关于读书的事,虽然不是鼓吹读书乐,也总觉得消遣世虑大概以读书为最适宜,可是结果还是不大好,大有越读越懊恼之慨。盖据我多年杂览的经验,从书里看出来的结论只是这两句话,好思想写在书本上,一点儿都未实现过,坏事情在人世间全已做了,书本上记着一小部分。昔者印度贤人不惜种种布施,求得半偈,今我因此而成二偈,则所得不已多乎。至于意思或近于负的方面,既是从真实出来,亦自有理存乎其中,或当再作计较罢。

圣贤教训之无用无力,这是无可如何的事,古今中外无不如此。英国陀生在讲希腊的古代宗教与现代民俗的书中曾这样的说过:

> 希腊国民看到许多哲学者的升降,但总是只抓住他们世袭的宗教。柏拉图与亚利士多德,什诺与伊壁鸠鲁的学说,在希腊人民上面,正如没有这一回事一般。但是荷马与以前时代的多神教却是活着。

斯宾塞在寄给友人的信札里,也说到现代欧洲的情状:

> 宣传了爱之宗教将近二千年之后,憎之宗教还是很占势力。欧洲住着二万万的外道,假装着基督教徒,如有人愿望他们照着他们的教旨行事,反要被他们所辱骂。

上边所说是关于希腊哲学家与基督教的,都是人家的事,若是讲到孔孟与老庄,以至佛教,其实也正是一样。在二十年以前写过一篇小文,对于教训之无用深致感慨,末后这样的解说道:

> 这实在都是真的。希腊有过苏格拉底,印度有过释迦牟尼,中国有过孔子老子,他们都被尊崇为圣人,但是在现今的

本国人民中间，他们可以说是等于不曾有过。我想这原是当然的，正不必代为无谓的悼叹。这些伟人倘若真是不曾存在，我们现在当不知怎么的更为寂寞，但是如今既有言行流传，足供有知识与趣味的人欣赏，那也就尽够好了。

这里所说本是聊以解嘲的话，现今又已过了二十春秋，经历增加了不少，却是终未能就此满足，固然也未必真是床头摸索好梦似的，希望这些思想都能实现，总之在浊世中展对遗教，不知怎的很替圣贤感觉得很寂寞似的，此或者亦未免是多事，在我自己却不无珍重之意。前致废名书中曾经说及，以有此种怅惘，故对于人间世未能恝置，此虽亦是一种苦，目下却尚不忍即舍去也。

《闭户读书论》是民国十七年冬所写的文章，写的很有点别扭，不过自己觉得喜欢，因为里边主要的意思是真实的，就是现在也还是这样。这篇论是劝人读史的，要旨云：

> 我始终相信《二十四史》是一部好书，他很诚恳地告诉我们过去曾如此，现在是如此，将来要如此。历史所告诉我们的，在表面的确只是过去，但现在与将来也就在这里面了：正史好似人家祖先的神像，画得特别庄严点，从这上面却总还看得出子孙的面影，至于野史等更有意思，那是行乐图小照之流，更充足地保存真相，往往令观者拍案叫绝，叹遗传之神妙。

这不知道算是什么史观，叫我自己说明，此中实只有暗黑的新宿命观，想得透彻时亦可得悟，在我却还只是怅惘，即使不真至于懊恼。我们说明季的事，总令人最先想起魏忠贤客氏，想起张献忠李自成，不过那也罢了，反正那些是太监是流寇而已。使人更不能忘记的是国子监生而请以魏忠贤配享孔庙的陆万龄，东林而为阉党又引清兵入闽的阮大铖，特别是记起《咏怀堂诗》与《百子山樵传奇》，更觉得这事的可怕。史书有如医案，历历记着证候与结果，我们看了未必找得出方剂，可以去病除根，但至少总可以自肃自戒，不要犯这种的病，再好一点或者可以从这里看出些卫生保健的方法来也说不定。我自己还说不出读史何所得，消极的警戒，人不可化为狼，当然是其一，积极的方面也有一二，如政府不可使民不聊生，如士人不可结社，不可讲学，这后边都有过很大的不幸做实证，但是正面说来只是老生常谈，而且也就容易归入圣贤的说话一类里去，永远是空言而已。说到这里，两头的话又碰在一起，所以就算是完了，读史与读经子那么便可以一以贯之，这也是一个很好的读书方法罢。

古人劝人读书，常说他的乐趣，如《四时读书乐》所广说，读书之乐乐陶陶，至今暗诵起几句来，也还觉得有意思。此外的一派是说读书有利益，如云书中自有黄金屋，书中自有颜如玉，是升官发财主义的代表，便是唐朝做《原道》的韩文公教训儿子，也说的这一派的话，在世间势力之大可想而知。我所谈的对于这两派都够不上，如要说明一句，或者可以说是为自己的教养而读书吧。既无什么利益，也没有多大快乐，所得到的只是一点知识，而知识也就是苦，至少知识总是有点苦味的。古希伯来的传道者说，"我又专心察明智慧狂妄和愚昧，乃知这也是捕风，因为多有智慧就多有愁烦，加增知识就加增忧伤。"这所说的话是很有道理的。但是苦与忧伤何尝不是教养之一种，就是捕风也并不是没有意思的事。我曾这样的说："察明同类之狂妄和愚昧，与思索个人的老死病苦，一样是伟大的事业。虚空尽由他虚空，知道他是虚空，而又偏去追迹，去察明，那么这是很有意义的，这实在可以当得起说是伟大的捕风。"这样说来，我的读书论也还并不真是如诗的表面上所显示的那么消极。可是无论如何，寂寞总是难免的，惟有能耐寂寞者乃能率由此道耳。

夜读的境界

我与烟酒不知怎的没有缘分，至今没吃上。我这里说缘分，是用的很有道理的，从前我着实用力的学过，可是终于没有学会，酒也是一样的学不会，但不会也还是要吃，只是一吃就醉罢了，烟则简直一口都不能吸，除了没有缘以外想不出别的解说了。大概在庚子那时候，我同兄弟论年龄是犯禁的，却大学其吃香烟，把品海强盗孔雀各牌的烟烧了若干盒，又有斑竹短烟管吃旱烟白奇之类，结果是兄弟毕了业，手里一直放不下香烟，我乃是材力不及，成绩一点也没得，现在闻见烟气不能说臭，却也一点都不觉得香，即此可以证明我与香烟之无缘了。照道理来说，五十年中不吃烟，节省下来这笔烟钱实在不小，不过那也不曾看见，自己所觉得的一种好处乃是夜里足睡，换句话说就是不喜"落夜"或云熬夜。我不知道是白天好还是黑夜好，据有些诗人说是夜里交关有趣，夜深人静，灯明茶热，读书作文，进步迅速，我想那一定是真的，可是这时还有上好香烟，一支又一支的抽着，这才文思勃发，逸兴遄飞，我缺了这个，所以无法学样，刚坐到二更便要瞌睡起来了。从前无论舌耕或是笔耕的时代，什么事只要在白天扰攘中搞了，到了晚饭之后就只打算睡觉，枕上翻看旧书，多也不过一册，等到亥子之交，夜读正入佳境的时候，已经困足了一大觉，仔细想起来，这实在也可以说是不吃烟的人的一个损失，因为诗人所说的境界的确是很可歆羡的。

一年的长进

在最近的五个礼拜里,一连过了两个年,这才算真正过了年,是民国十三年岁次甲子年了。回想过去"猪儿年",国内虽然起了不少的重要变化,在我个人除了痴长一岁之外,实在乏善可陈,但仔细想来也不能说毫无长进,这是我所觉得尚堪告慰的。

这一年里我的唯一的长进,是知道自己之无所知。以前我也自以为是有所知的,在古今的贤哲里找到一位师傅,便可以据为典要,造成一种主见,评量一切,这倒是很简易的办法。但是这样的一位师傅后来觉得逐渐有点难找,于是不禁狼狈起来,如瞎子之失了棒了,既不肯听别人现成的话,自己又想不出意见,归结只好老实招认,述蒙丹尼(Montaigne)的话道:"我知道什么?"我每日看报,实在总是心里胡里胡涂的,对于政治外交上种种的争执往往不能了解谁是谁非,因为觉得两边的话都是难怪,却又都有点靠不住。我常怀疑,难道我是没有良知的么?我觉得不能不答应说"好像是的",虽然我知道这句话一定要使提唱王学的朋友大不高兴。真的，我的心里确是空溯溯的，好像是旧殿里的那把椅子，——不过这也是很清爽的事。我若能找到一个"单纯的信仰"，或者一个固执的偏见，我就有了主意，自然可以满足而且快活了，但是有偏见的想除掉固不容易，没有时要去找来却也有点为难。大约我之无所知也不是今日始的，不过以前自以为知罢了，现在忽然觉悟过来，正是好事，殊可无须寻求补救的方法，因为露出的马脚才是真脚，自知无所知却是我的第一个的真知也。

我很喜欢，可以趁这个机会对于以前曾把书报稿件寄给我看的诸位声明一下。我接到印有"乞批评"字样的各种文字，总想竭力奉陪的，无如照上边所说，我实在是不能批评，也不敢批评，倘若硬要我说好坏，我只好仿主考的用脚一踢，——但这当然是毫不足凭的。我也曾听说世上有安诺德等大批评家，但安诺德可，我则不可。我只想多看一点大批评家的言论，广广自己的见识，没有用硃笔批点别人文章的意思，所以对于"乞批评"的要求，常是"有方尊命"，诸祈鉴原是幸。

我学国文的经验

我到现在做起国文教员来,这实在在我自己也觉得有点古怪的,因为我不但不曾研究过国文,并且也没有好好地学过。平常做教员的总不外这两种办法,或是把自己的赅博的学识倾倒出来,或是把经验有得的方法传授给学生,但是我于这两者都有点够不上。我于怎样学国文的上面就压根儿没有经验,我所有的经验是如此的不规则,不足为训的,这种经验在实际上是误人不浅,不过当作故事讲也有点意思,似乎略有浪漫的趣味,所以就写他出来,送给《孔德月刊》的编辑,聊以塞责:收稿的期限已到,只有这一天了,真正连想另找一个题目的工夫都没有了,下回要写,非得早早动手不可,要紧要紧。

乡间的规矩,小孩到了六岁要去上学,我大约也是这时候上学的。是日,上午,衣冠,提一腰鼓式的灯笼,上书"状元及第"等字样,挂生葱一根,意取"聪明"之兆,拜"孔夫子"而上课,先生必须是秀才以上,功课则口授《鉴略》起首两句,并对一课,曰"元"对"相",即放学。此乃一种仪式,至于正式读书,则迟一二年不等。我自己是哪一年起头读的,已经记不清了,只记得从过的先生都是本家,最早的一个号叫花塍,是老秀才,他是吸鸦片烟的,终日躺在榻上,我无论如何总记不起他的站立着的印象。第二个号子京,做的怪文章,有一句试帖诗云,"梅开泥欲死",很是神秘,后来终以疯狂自杀了。第三个的名字可以不说,他是以杀尽革命党为职志的,言行暴厉的人,光复的那年,他在街上走,听得人家奔走叫喊"革命党进城了!",立刻脚软了,再也站不起来,经街坊抬他回去,以前应考,出榜时见自己的前一号(坐号)的人录取了,就大怒,回家把院子里的一株小桂花都拔了起来。但是从这三位先生我都没有学到什么东西,到了十一岁时往三味书屋去附读,那才是正式读书的起头。所读的书我还清清楚楚地记得,是一本"上中",即《中庸》的上半本,大约从"无忧者其唯文王乎"左近读起。书房里的功课是上午背书上书,读生书六十遍,写字;下午读书六十遍,傍晚不对课,讲唐诗一首。老实说,这位先生的教法倒是很宽容的,对学生也颇有理解,我在书房三年,没有被打过或罚跪。这样,我到十三岁的年底,读完了《论》《孟》《诗》《易》及《书经》的一部分。"经"可以算读得也不少了,虽然也不能算多,但是我总不会写,也看不懂书,至于礼教的精义尤其茫然,干脆一句话,以前所读之经于我毫无益处,从来的能够略写文字及养成一种道德观念,乃是全从别的方面来的。因此我觉得那些主张读经救国的人真是无谓极了,我自己就读过好几经(《礼记》《春秋》《左传》是自己读的,也大略读过,虽然现在全忘了),

总之就是这么一回事，毫无用处，也不见得有损，或者只耗废若干的光阴罢了。恰好十四岁时往杭州去，不再进书房，只在祖父旁边学做八股文试帖诗，平日除规定看《纲鉴易知录》，抄诗韵以外，可以随意看闲书，因为祖父是不禁小孩看小说的。他是个翰林，脾气又颇乖戾，但是对于教育却有特别的意见：他很奖励小孩看小说，以为这能使人思路通顺，有时高兴便同我讲起《西游记》来，孙行者怎么调皮，猪八戒怎样老实——别的小说他也不非难，但最称赏的却是《西游记》。晚年回到家里，还是这样，常在聚族而居的堂前坐着对人谈讲，尤其是喜欢找他的一位堂弟（年纪也将近六十了罢）特别反复地讲"猪八戒"，仿佛有什么讽刺的寓意似的，以致那位听者轻易不敢出来，要出门的时候必须先窥探一下，如没有人在那里等他去讲猪八戒，他才敢一溜烟地溜出门去。我那时便读了不少的小说，好的坏的都有，看纸上的文字而懂得文字所表现的意思，这是从此刻才起首的。由《儒林外史》《西游记》等渐至《三国演义》，转到《聊斋志异》，这是从白话转到文言的径路。教我懂文言，并略知文言的趣味者，实在是这《聊斋》，并非什么经书或是古文析义之流。《聊斋志异》之后，自然是那些"夜谈""随录"等的假《聊斋》，一变而转入《阅微草堂笔记》，这样，旧派文言小说的两派都已入门，便自然而然地跑到《唐代丛书》里边去了。不久而"庚子"来了。到第二年，祖父觉得我的正途功名已经绝望，照例须得去学幕或是经商，但是我都不愿，所以只好"投笔从戎"，去进江南水师学堂。这本是养成海军士官的学校，于国文一途很少缘分，但是因为总办方硕辅观察是很重国粹的，所以入学试验颇是严重，我还记得国文试题是"云从龙风从虎论"，复试是"虽百世可知也论"。入校以后，一礼拜内五天是上洋文班，包括英文、科学等，一天是汉文。一日的功课是，早上打靶，上午八时至十二时分两堂，十时后休息十分钟，午饭后体操或升桅，下午一时至四时又是一堂，下课后兵操。在上汉文班时也是如此，不过不坐在洋式的而在中国式的讲堂罢了，功课是上午作论一篇，余下来的工夫便让你自由看书，程度较低的则作论外还要读《左传》或《古文辞类纂》。

在这个状况之下，就是并非预言家也可以知道国文是不会有进益的了。不过时运真好，我们正苦枯寂，没有小说消遣的时候，翻译界正逐渐兴旺起来，严几道的《天演论》，林琴南的《茶花女》，梁任公的《十五小豪杰》，可以说是三派的代表。我那时的国文时间实际上便都用在看这些东西上面，而三者之中尤其是以林译小说为最喜看，从《茶花女》起，至《黑太子南征录》止，这期间所出的小说几乎没有一册不买来读过。这一方面引我到西洋文学里去，一方面又使我渐渐觉到文言的趣味，虽林琴南的礼教气与反动的态度终是很可嫌恶，他的拟古的文章也时时成为恶札，容易教坏青年。我在南京的五年，简直除了读新小说以外别无什么可以说是国文的修养。一九〇六年南京的督练公所派我与吴周二君往日本改习建筑，与国文更是疏远了，虽然曾经忽发奇想地到民报社去听章太炎讲过两年"小学"。总结起来，我的国文的经验便只是这一点，从这里边也找不出什么学习的方法与过程，可以供别人的参考，除了这一个事实，便是我的国文都是从看小说来的，倘若看几本普通的文言书，写一点平易的文章，也可以说是有了运用国文的能力。现在轮到我教学生去理解国文，这可使我有点为难，因为我没有被教过这是怎样地理解的，怎么能去教人。如非教不可，那么我只好对他们说，请多看书。小说，曲，诗词，文，各种；新的，古的，文言，白话，本国，外国，各种；还有一层，好的，坏的，各种；都不可以不看，不然便不能知道文学与人生的全体，不能磨炼出一种精纯的趣味来。自然，这不要成为乱读，须得有人给他做指导顾问，其次要别方面的学问知识比例地增进，逐渐养成一个健全的人生观。

写了之后重看一遍，觉得上面所说的话平庸极了，真是"老生常谈"，好像是笑话里所说，卖必效的臭虫药的，一重一重的用纸封好，最后的一重里放着一张纸片，上面只有两字曰"勤捉"。但是除灭臭虫本来除了勤捉之外别无好法子，所以我这个方法或者倒真是理解文章的趣味之必效法也未可知哩。

自己的文章

听说俗语里有一句话，人家的老婆与自己的文章总觉得是好的。既然是通行的俗语，那么一定有道理在里边，大家都已没有什么异议的了，不过在我看来却也有不尽然的地方。关于第一点，我不曾有过经验，姑且不去讲她。文章呢，近四十年来古文白话胡乱地涂写了不少，自己觉得略有所知，可是我毫不感到天下文风全在绍兴而且本人就是城里第一。不，读文章不论选学桐城，稍稍辨别得一点好坏，写文章也微微懂得一点苦甘冷暖，结果只有"一丁点儿"的知，而知与信乃是不大合得来的，既知文章有好坏，便自然难信自己的都是好的了。

听人家称赞我的文章好，这当然是愉快的事，但是这愉快大抵也就等于看了主考官的批，是很荣幸的然而未必切实。有人好意地说我的文章写得平淡，我听了很觉得喜欢但也很惶恐。平淡，这是我所最缺少的，虽然也原是我的理想，而事实上绝没有能够做到一分毫，盖凡理想本来即其所最缺少而不能做到者也。现在写文章自然不能再讲什么义法格调，思想实在是很重要的，思想要充实已难，要表现得好更大难了，我所有的只有焦躁，这说得好听一点是积极，但其不能写成好文章来反正总是一样。民国十四年我在《雨天的书》序二中说：

> 我近来作文极慕平淡自然的景地。但是看古代或外国文学才有此种作品，自己还梦想不到有能做的一天，因为这有气质境地与年龄的关系，不可勉强，像我这样褊急的脾气的人，生在中国这个时代，实在难望能够从容镇静地做出平和冲淡的文章来。

又云：

> 我很反对为道德的文学，但自己总做不出一篇为文章的文章，结果只编集了几卷说教集，这是何等滑稽的矛盾。

近日承一位日本友人寄给我一册小书，题曰《北京的茶食》，内凡有《上下身》《死之默想》《沉默》《碰伤》等九篇小文，都是民十五左右所写的，译成流丽的日本文，固然很可欣幸，我重读一遍却又十分惭愧，那时所写真是太幼稚地兴奋了。过了十年，是民国二十四年了，我在《苦茶随笔·后记》中说道：

> 我很惭愧老是那么热心，积极，又是在已经略略知道之后，——难道相信天下真有奇迹么？实实是大错而特错也。以后应当努力，用心写好文章，莫管人家鸟事，且谈草木虫鱼，要紧要紧。

这番叮嘱仍旧没有用处，那是很显然的。孔子曰，鸟兽不可与同群，吾非斯人之徒而谁与。中国是我的本国，是我歌于斯哭于斯的地方，可是眼见得那么不成样子，大事且莫谈，只一出去就看见女人的扎缚的小脚，又如此刻在写字耳边就满是后面人家所收广播的怪声的报告与旧戏,真不禁令人怒从心上起也。在这种情形里平淡的文情哪里会出来,手底下永远是没有,只在心目中尚存在耳,所以我的说平淡乃是跛者之不忘履也,诸公同情遂以为真是能履,跛者固不敢承受,诸公殆亦难免有失眼之讥矣。

又或有人改换名目称之曰闲适,意思是表示不赞成,其实在这里也是说得不对的。热心社会改革的朋友痛恨闲适,以为这是布耳乔亚的快乐,差不多就是饱暖懒惰而已。然而不然。闲适是一种很难得的态度,不问苦乐贫富都可以如此,可是又并不是容易学得会的。这可以分作两种。其一是小闲适,如俞理初在《癸巳存稿》卷十二关于闲适的文章里有云:

> 秦观词云,醉卧古藤阴下,了不知南北。王铚《默记》以为其言如此,必不能至西方净土。其论甚可憎也。——盖流连光景,人情所不能无,其托言不知,意本深曲耳。

如农夫终日车水,忽驻足望西山,日落阴凉,河水变色,若欣然有会,亦是闲适,不必卧且醉也。其二可以说是大闲适罢。沈赤然著《寄傲轩读书续笔》卷四云:

> 宋明帝遣药酒赐王景文死,景文将饮酒,谓客曰,此酒不宜相劝。齐明帝遣赍鸩巴陵王子伦死,子伦将饮,顾使者曰,此酒非劝客之具,不可相奉。其言何婉而趣也。大都从容镇静之态平时尚可伪为,至临死关头不觉本性全露,若二人者可谓视死如甘寝矣。

又如陶渊明《拟挽歌辞》之三云:

> 向来相送人,各自还其家,亲戚或余悲,他人亦已歌。

这样的死人的态度真可以说是闲适极了，再看那些参禅看话的和尚，虽似超脱，却还念念不忘腊月二十八，难免陶公要攒眉而去。夫好生恶死人之常情也，他们亦何必那么视死如甘寝，实在是"千年不复朝，贤达无奈何"耳，唯其无奈何所以也就不必多自扰扰，只以婉而趣的态度对付之，此所谓闲适亦即是大幽默也。但此等难事唯有贤达能做得到，若是凡人就是平常烦恼也难处理，岂敢望这样的大解放乎。总之闲适不是一件容易学的事情，不佞安得混冒，自己查看文章，即流连光景且不易得，文章底下的焦躁总要露出头来，然则闲适亦只是我的一理想而已，而理想之不能做到如上文所说又是当然的事也。

看自己的文章，假如这里边有一点好处，我想只可以说在于未能平淡闲适处，即其文字多是道德的。在《雨天的书·序二》中云：

> 我平素最讨厌的是道学家（或照新式称为法利赛人），岂知这正因为自己是一个道德家的缘故。我想破坏他们的伪道德不道德的道德，其实却同时非意识地想建设起自己所信的新的道德来。

我的道德观恐怕还当说是儒家的，但左右的道与法两家也都掺合在内，外面又加了些现代科学常识，如生物学人类学以及性的心理，而这末一点在我较为重要。古人有面壁悟道的，或是看蛇斗懂得写字的道理，我却从"妖精打架"上想出道德来，恐不免为傻大姐所窃笑罢。不过好笑的人尽管去好笑，我的意见实实在在以我所知为基本，故自与他人不能苟同。至于文章自己承认未能写得好，朋友们称之曰平淡或闲适而赐以称许或嘲骂，原是随意，但都不很对，盖不佞以为自己的文章的好处或不好处全不在此也。

我的杂学

一

小时候读《儒林外史》,后来多还记得,特别是关于批评马二先生的话。第四十九回高翰林说:

> 若是不知道揣摩,就是圣人也是不中的。那马先生讲了半生,讲的都是些不中的举业。

又第十八回举人卫体善卫先生说:

> 他终日讲的是杂学。听见他杂览到是好的,于文章的理法他全然不知,一味乱闹,好墨卷也被他批坏了。

这里所谓文章是说八股文,杂学是普通诗文,马二先生的事情本来与我水米无干,但是我看了总有所感,仿佛觉得这正是说着我似的。我平常没有一种专门的职业,就只喜欢涉猎闲书,这岂不便是道地的杂学,而且又是不中的举业,大概这一点是无可疑的。我自己所写的东西好坏自知,可是听到世间的是非褒贬,往往不尽相符,有针小棒大之感,觉得有点奇怪,到后来却也明白了。人家不满意，本是极当然的，因为讲的是不中的举业，不知道揣摩，虽圣人也没有用，何况我辈凡人。至于说好的，自然要感谢，其实也何尝真有什么长处，至多是不大说诳，以及多本于常识而已。假如这常识可以算是长处，那么这正是杂览应有的结果，也是当然的事，我们断章取义的借用卫先生的话来说，所谓杂览到是好的也。这里我想把自己的杂学简要的记录一点下来，并不是什么敝帚自珍，实在也只当作一种读书的回想云尔。民国甲申四月末日。

二

日本旧书店的招牌上多写着"和汉洋书籍"云云，这固然是店铺里所有的货色，大抵读书人所看的也不出这范围，所以可以说是很能概括的了。现在也就仿照这个意思，从汉文讲起头来。我开始学汉文，还是在甲午以前，距今已是五十余年，其时读书盖专为应科举的准备，终日念四书五经以备作八股文，中午习字，傍晚对课以备作试帖诗而已。鲁迅在辛亥曾戏作小说，假定篇名曰"怀旧"，其中略述书房情状，先生讲《论语》志于学章，教属对，题曰红花，对青桐不协，先生代对曰绿草，又曰，红平声，花平声，绿入声，草上声，则教以辨四声也。此种事情本甚寻常，唯及今提及，已少有知者，故亦不失为值得记录的好资料。我的运气是，在书房里这种书没有读透。我记得在十一岁时还在读上中，即是《中庸》的上半卷，后来陆续将经书勉强读毕，八股文凑得起三四百字，可是考不上一个秀才，成绩可想而知。语云，祸兮福所倚。举业文没有弄成功，但我因此认得了好些汉字，慢慢的能够看书，能够写文章，就是说把汉文却是读通了。汉文读通极是普通，或者可以说在中国人正是当然的事，不过这如从举业文中转过身来，他会附随着两种臭味，一是道学家气，一是八大家气，这都是我所不大喜欢的。本来道学这东西没有什么不好，但发现在人间便是道学家，往往假多真少，世间早有定评，我也多所见闻，自然无甚好感。家中旧有一部浙江官书局刻方东树的《汉学商兑》，读了很是不愉快，虽然并不因此被激到汉学里去，对于宋学却起了反感，觉得这么度量褊窄，性情苛刻，就是真道学也有何可贵，倒还是不去学他好。还有一层，我总觉得清朝之讲宋学，是与科举有密切关系的，读书人标榜道学作为求富贵的手段，与跪拜颂扬等等形式不同而作用则一。这些恐怕都是个人的偏见也未可知，总之这样使我脱离了一头羁绊，于后来对于好些事情的思索上有不少的好处。八大家的古文在我感觉也是八股文的长亲，其所以为世人所珍重的最大理由我想即在于此。我没有在书房学过念古文，所以摇头朗诵像唱戏似的那种本领我是不会的，最初只自看《古文析义》，事隔多年几乎全都忘了，近日拿出安越堂平氏校本《古文观止》来看，明了的感觉唐以后文之不行，这样说虽有似明七子的口气，但是事实无可如何。韩柳的文章至少在选本里所收的，都是些《宦乡要则》里的资料，士子做策论，官幕办章奏书启，是很有用的，以文学论不知道好处在那里。念起来声调好，那是实在的事，但是我想这正是属于八股文一类的证据吧。读前六卷的所谓周秦文以至汉文，总是华实兼具，态度也安详沉着，没有那种奔竞躁进气，此盖为科举制度时代所特有，韩柳文勃兴于唐，盛行至于今日，即以此故，此又一段落也。不佞因为书房教育受得不充分，所以这一关也逃过了，至今想起来还觉得很侥幸，假如我学了八大家文来讲道学，那是道地的正统了，这篇谈杂学的小文也就无从写起了。

三

我学国文的经验，在十八九年前曾经写了一篇小文，约略说过。中有云，经可以算读得也不少了，虽然也不能算多，但是我总不会写，也看不懂书，至于礼教的精义尤其茫然，干脆一句话，以前所读的书于我无甚益处，后来的能够略写文字，及养成一种道德观念，乃是全从别的方面来的。关于道德思想将来再说，现在只说读书，即是看了纸上的文字懂得所表现的意思，这种本领是怎么学来的呢。简单的说，这是从小说看来的。大概在十三至十五岁，读了不少的小说，好的坏的都有，这样便学会了看书。由《镜花缘》《儒林外史》《西游记》《水浒传》等渐至《三国演义》，转到《聊斋志异》，这是从白话转入文言的径路。教我懂文言，并略知文言的趣味者，实在是这《聊斋》，并非什么经书或是《古文析义》之流。《聊斋志异》之后，自然是那些《夜谈随录》《淞隐漫录》等的假《聊斋》，一变而转入《阅微草堂笔记》，这样，旧派文言小说的两派都已经入门，便自然而然的跑到唐代丛书里边去了。这种经验大约也颇普通，嘉庆时人郑守庭的《燕窗闲话》中也有相似的记录，其一节云："予少时读书易于解悟，乃自旁门入。忆十岁随祖母祝寿于西乡顾宅，阴雨兼旬，几上有《列国志》一部，翻阅之，解仅数语，阅三四本后解者渐多，复从头翻阅，解者大半。归家后即借说部之易解者阅之，解有八九。除夕侍祖母守岁，竟夕阅《封神传》半部，《三国志》半部，所有细评无暇详览也。后读《左传》，其事迹已知，但于字句有不明者，讲说时尽心谛听，由是阅他书益易解矣。"不过我自己的经历不但使我了解文义，而且还指引我读书的方向，所以关系也就更大了。唐代丛书因为板子都欠佳，至今未曾买好一部，我对于他却颇有好感，里边有几种书还是记得，我的杂览可以说是从那里起头的。小时候看见过的书，虽本是偶然的事，往往留下很深的印象，发生很大的影响。《尔雅音图》《毛诗品物图考》《毛诗草木疏》《花镜》《笃素堂外集》《金石存》《剡录》，这些书大抵并非精本，有的还是石印，但是至今记得，后来都搜得收存，兴味也仍存在。说是幼年的书全有如此力量么，也并不见得，可知这里原是也有别择的。《聊斋》与《阅微草堂》是引导我读古文的书，可是后来对于前者我不喜欢他的词章，对于后者讨嫌他的义理，大有得鱼忘筌之意。唐代丛书是杂学入门的课本，现在却亦不能举出若干心喜的书名，或者上边所说《尔雅音图》各书可以充数，这本不在丛书中，但如说是以从唐代丛书养成的读书兴味，在丛书之外别择出来的中意的书，这说法也是可以的吧。这个非正宗的别择法一直维持下来，成为我搜书看书的准则。这大要有八类。一是关于《诗经》《论语》之类。二是小学书，即《说文》《尔雅》《方言》之类。三是文化史料类，非志书的地志，特别是关于岁时风土物产者，如《梦忆》《清嘉录》，又关于乱事如《思痛记》，关于倡优如《板桥杂记》等。四是年谱日记游记家训尺牍类，最著的例如《颜氏家训》《入蜀记》等。五是博物书类，即《农书》《本草》,《诗疏》《尔雅》各本亦与此有关系。六是笔记类,范围甚广,子部杂家大部分在内。七是佛经之一部,特别是旧译《譬喻》《因缘》《本生》各经,大小乘戒律,代表的语录。八是乡贤著作。我以前常说看闲书代纸烟,这是一句半真半假的话,我说闲书,是对于新旧各式的八股文而言,世间尊重八股是正经文章,那么我这些当然是闲书罢了,我顺应世人这样客气的说,其实在我看来原都是很重要极严肃的东西。重复的说一句,我的读书是非正统的。因此常为世人所嫌憎,但是自己相信其所以有意义处亦在于此。

四

古典文学中我很喜欢《诗经》,但老实说也只以国风为主,小雅但有一部分耳。说诗不一定固守《小序》或《集传》,平常适用的好本子却难得,有早印的扫叶山庄陈氏本《诗毛氏传疏》,觉得很可喜,时常拿出来翻看。陶渊明诗向来喜欢,文不多而均极佳,安化陶氏本最便用,虽然两种刊板都欠精善。此外的诗以及词曲,也常翻读,但是我知道不懂得诗,所以不大敢多看,多说。骈文也颇爱好,虽然能否比诗多懂得原是疑问,阅孙隘庵的《六朝丽指》却很多同感,仍不敢贪多,《六朝文絜》及黎氏笺注常备在座右而已。伍绍棠跋《南北朝文钞》云,南北朝人所著书多以骈俪行之,亦均质雅可诵。此语真实,唯诸书中我所喜者为《洛阳伽蓝记》,《颜氏家训》,此他虽皆是篇章之珠泽,文采之邓林,如《文心雕龙》与《水经注》,终苦其太专门,不宜于闲看也。以上就唐以前书举几个例，表明个人的偏好，大抵于文字之外看重所表现的气象与性情，自从韩愈文起八代之衰以后，便没有这种文字，加以科举的影响，后来即使有佳作，也总是质地薄，分量轻，显得是病后的体质了。至于思想方面，我所受的影响又是别有来源的。笼统的说一句，我自己承认是属于儒家思想的，不过这儒家的名称是我所自定，内容的解说恐怕与一般的意见很有些不同的地方。我想中国人的思想是重在适当的做人，在儒家讲仁与中庸正与之相同，用这名称似无不合，其实这正因为孔子是中国人，所以如此，并不是孔子设教传道，中国人乃始变为儒教徒也。儒家最重的是仁，但是智与勇二者也很重要，特别是在后世儒生成为道士化，禅和子化，差役化，思想混乱的时候，须要智以辨别，勇以决断，才能截断众流，站立得住。这一种人在中国却不易找到，因为这与君师的正统思想往往不合，立于很不利的地位，虽然对于国家与民族的前途有极大的价值。上下古今自汉至于清代，我找到了三个人，这便是王充，李贽，俞正燮，是也。王仲任的疾虚妄的精神，最显著的表现在《论衡》上，其实别的两人也是一样，李卓吾在《焚书》与《初潭集》，俞理初在《癸巳类稿》《存稿》上所表示的正是同一的精神。他们未尝不知道多说真话的危险，只因通达物理人情，对于世间许多事情的错误不实看得太清楚，忍不住要说，结果是不讨好，却也不在乎，这种爱真理的态度是最可宝贵，学术思想的前进就靠此力量，只可惜在中国历史上不大多见耳。我尝称他们为中国思想界之三盏灯火，虽然很是辽远微弱，在后人却是贵重的引路的标识。太史公曰，高山仰止，景行行止，虽不能至，然心向往之。对于这几位先贤我也正是如此，学是学不到，但疾虚妄，重情理，总作为我们的理想，随时注意，不敢不勉。古今笔记所见不少，披沙拣金，千不得一，不足言劳，但苦寂寞。民国以来号称思想革命，而实亦殊少成绩，所知者唯蔡孑民钱玄同二先生可当其选，但多未著之笔墨，清言既绝，亦复无可征考，所可痛惜也。

五

我学外国文，一直很迟，所以没有能够学好，大抵只可看看书而已。光绪辛丑进江南水师学堂当学生，才开始学英文，其时年已十八，至丙午被派往日本留学，不得不再学日本文，则又在五年后矣。我们学英文的目的为的是读一般理化及机器书籍，所用课本最初是《华英初阶》以至《进阶》，参考书是考贝纸印的《华英字典》，其幼稚可想，此外西文还有什么可看的书全不知道，许多前辈同学毕业后把这几本旧书抛弃净尽，虽然英语不离嘴边，再也不一看横行的书本，正是不足怪的事。我的运气是同时爱看新小说，因了林氏译本知道外国有司各得哈葛德这些人，其所著书新奇可喜，后来到东京又见西书易得，起手买一点来看，从这里得到了不少的益处。不过我所读的却并不是英文学，只是借了这文字的媒介杂乱的读些书，其一部分是欧洲弱小民族的文学。当时日本有长谷川二叶亭与升曙梦专译俄国作品，马场孤蝶多介绍大陆文学，我们特别感到兴趣，一面又因《民报》在东京发刊，中国革命运动正在发达，我们也受了民族思想的影响，对于所谓被损害与侮辱的国民的文学更比强国的表示尊重与亲近。这里边，波兰，芬兰，匈加利，新希腊等最是重要，俄国其时也正在反抗专制，虽非弱小而亦被列入。那时影响至今尚有留存的，即是我的对于几个作家的爱好，俄国的果戈理与伽尔洵，波兰的显克威支，虽然有时可以十年不读，但心里还是永不忘记，陀思妥也夫斯奇也极是佩服，可是有点敬畏，向来不敢轻易翻动，也就较为疏远了。摩斐耳的《斯拉夫文学小史》，克罗巴金的《俄国文学史》，勃兰特思的《波兰印象记》，赖息的《匈加利文学史论》，这些都是四五十年前的旧书，于我却是很有情分，回想当日读书的感激历历如昨日，给予我的好处亦终未亡失。只可惜我未曾充分利用，小说前后译出三十几篇，收在两种短篇集内，史传批评则多止读过独自怡悦耳。但是这也总之不是徒劳的事，民国六年来到北京大学，被命讲授欧洲文学史，就把这些拿来做底子，而这以后七八年间的教书，督促我反复的查考文学史料，这又给我做了一种训练。我最初只是关于古希腊与十九世纪欧洲文学的一部分有点知识，后来因为要教书编讲义，其他部分须得设法补充，所以起头这两年虽然只担任六小时功课，却真是日不暇给，查书写稿之外几乎没有别的事情可做，可是结果并不满意，讲义印出了一本，十九世纪这一本终于不曾印，这门功课在几年之后也停止了。凡文学史都不好讲，何况是欧洲的，那几年我知道自误误人的确不浅，早早中止还是好的，至于我自己实在却仍得着好处，盖因此勉强读过多少书本，获得一般文学史的常识，至今还是有用，有如教练兵操，本意在上阵，后虽不用，而此种操练所余留的对于体质与精神的影响则固长存在，有时亦觉得颇可感谢者也。

六

从西文书中得来的知识,此外还有希腊神话。说也奇怪,我在学校里学过几年希腊文,近来翻译亚坡罗陀洛思的神话集,觉得这是自己的主要工作之一,可是最初之认识与理解希腊神话却是全从英文的著书来的。我到东京的那年,买得该莱的《英文学中之古典神话》,随后又得到安特路朗的两本《神话仪式与宗教》,这样便使我与神话发生了关系。当初听说要懂西洋文学须得知道一点希腊神话,所以去找一两种参考书来看,后来对于神话本身有了兴趣,便又去别方面寻找,于是在神话集这面有了亚坡罗陀洛思的原典,福克斯与洛士各人的专著,论考方面有哈理孙女士的《希腊神话论》以及宗教各书,安特路朗的则是神话之人类学派的解说,我又从这里引起对于文化人类学的趣味来的。世间都说古希腊有美的神话,这自然是事实,只须一读就会知道,但是其所以如此又自有其理由,这说起来更有意义。古代埃及与印度也有特殊的神话,其神道多是鸟头牛首,或者是三头六臂,形状可怕,事迹亦多怪异,始终没有脱出宗教的区域,与艺术有一层的间隔。希腊的神话起源本亦相同,而逐渐转变,因为如哈理孙女士所说,希腊民族不是受祭司支配而是受诗人支配的,结果便由他们把那些都修造成为美的影象了。"这是希腊的美术家与诗人的职务,来洗除宗教中的恐怖分子,这是我们对于希腊的神话作者的最大的负债。"我们中国人虽然以前对于希腊不曾负有这项债务,现在却该奋发去分一点过来,因为这种希腊精神即使不能起死回生,也有返老还童的力量,在欧洲文化史上显然可见,对于现今的中国,因了多年的专制与科举的重压，人心里充满着丑恶与恐怖而日就萎靡，这种一阵清风似的被除力是不可少，也是大有益的。我从哈理孙女士的著书得悉希腊神话的意义，实为大幸，只恨未能尽力绍介，亚坡罗陀洛思的书本文译毕，注释恐有三倍的多，至今未曾续写，此外还该有一册通俗的故事，自己不能写，翻译更是不易。劳斯博士于一九三四年著有《希腊的神与英雄与人》，他本来是古典学者，文章写得很有风趣，在一八九七年译过《新希腊小说集》，序文名曰《在希腊诸岛》，对于古旧的民间习俗颇有理解，可以算是最适任的作者了，但是我不知怎的觉得这总是基督教国人写的书，特别是在通俗的为儿童用的，这与专门书不同，未免有点不相宜，未能决心去译他，只好且放下。我并不一定以希腊的多神教为好，却总以为他的改教可惜，假如希腊能像中国日本那样，保存旧有的宗教道德，随时必要的加进些新分子，有如佛教基督教之在东方，调和的发展下去，岂不更有意思。不过已经过去的事是没有办法了，照现在的事情来说，在本国还留下些生活的传统，劫余的学问艺文在外国甚被宝重，一直研究传播下来，总是很好的了。我们想要讨教，不得不由基督教国去转手，想来未免有点别扭，但是为希腊与中国再一计量，现在得能如此也已经是可幸的事了。

七

安特路朗是个多方面的学者文人，他的著书很多，我只有其中的文学史及评论类，古典翻译介绍类，童话儿歌研究类，最重要的是神话学类，此外也有些杂文，但是如《垂钓漫录》以及诗集却终于未曾收罗。这里边于我影响最多的是神话学类中之《习俗与神话》《神话仪式与宗教》这两部书，因为我由此知道神话的正当解释，传说与童话的研究也于是有了门路了。十九世纪中间欧洲学者以言语之病解释神话，可是这里有个疑问，假如亚利安族神话起源由于亚利安族言语之病，那么这是很奇怪的，为什么在非亚利安族言语通行的地方也会有相像的神话存在呢。在语言系统不同的民族里都有类似的神话传说，说这神话的起源都由于言语的传讹，这在事实上是不可能的。言语学派的方法既不能解释神话里的荒唐不合理的事件，人类学派乃代之而兴，以类似的心理状态发生类似的行为为解说，大抵可以得到合理的解决。这最初称之曰民俗学的方法，在《习俗与神话》中曾有说明，其方法是，如在一国见有显是荒唐怪异的习俗，要去找到别一国，在那里也有类似的习俗，但是在那里不特并不荒唐怪异，却正与那人民的礼仪思想相合。对于古希腊神话也是用同样的方法，取别民族类似的故事来做比较，以现在尚有存留的信仰推测古时已经遗忘的意思，大旨可以明了，盖古希腊人与今时某种土人其心理状态有类似之处，即由此可得到类似的神话传说之意义也。《神话仪式与宗教》第三章以下论野蛮人的心理状态，约举其特点有五，即一万物同等，均有生命与知识，二信法术，三信鬼魂，四好奇，五轻信。根据这里的解说，我们已不难了解神话传说以及童话的意思，但这只是入门，使我更知道得详细一点的，还靠了别的两种书，即是哈忒兰的《童话之科学》与麦扣洛克的《小说之童年》。《童话之科学》第二章论野蛮人思想，差不多大意相同，全书分五目九章详细叙说，《小说之童年》副题即云"民间故事与原始思想之研究",分四类十四目,更为详尽,虽出板于一九〇五年,却还是此类书中之白眉,夷亚斯莱在二十年后著《童话之民俗学》,亦仍不能超出其范围也。神话与传说童话源出一本,随时转化,其一是宗教的,其二则是史地类,其三属于艺文,性质稍有不同,而其解释还是一样,所以能读神话而遂通童话,正是极自然的事。麦扣洛克称其书曰《小说之童年》,即以民间故事为初民之小说,犹之朗氏谓说明的神话是野蛮人的科学,说的很有道理。我们看这些故事,未免因了考据癖要考察其意义,但同时也当作艺术品看待,得到好些悦乐。这样我就又去搜寻各种童话,不过这里的目的还是偏重在后者,虽然知道野蛮民族的也有价值,所收的却多是欧亚诸国,自然也以少见为贵,如土耳其,哥萨克,俄国等。法国贝洛耳,德国格林兄弟所编的故事集,是权威的著作,我所有的又都有安特路朗的长篇引论,很是有用,但为友人借看,带到南边去了,现尚无法索还也。

八

我因了安特路朗的人类学派的解说,不但懂得了神话及其同类的故事,而且也知道了文化人类学,这又称为社会人类学,虽然本身是一种专门的学问,可是这方面的一点知识于读书人很是有益,我觉得也是颇有趣味的东西。在英国的祖师是泰勒与拉薄克,所著《原始文明》与《文明之起源》都是有权威的书。泰勒又有《人类学》,也是一册很好入门书,虽是一八八一年的初板,近时却还在翻印,中国广学会曾经译出,我于光绪丙午在上海买到一部,不知何故改名为《进化论》，又是用有光纸印的，未免可惜，后来恐怕也早绝板了。但是于我最有影响的还是那《金枝》的有名的著者弗来若博士。社会人类学是专研究礼教习俗这一类的学问，据他说研究有两方面，其一是野蛮人的风俗思想，其二是文明国的民俗，盖现代文明国的民俗大都即是古代蛮风之遗留，也即是现今野蛮风俗的变相，因为大多数的文明衣冠的人物在心里还依旧是个野蛮。因此这比神话学用处更大，他所讲的包括神话在内，却更是广大，有些我们平常最不可解的神圣或猥亵的事项，经那么一说明，神秘的面幕倏尔落下，我们懂得了时不禁微笑，这是同情的理解，可是威严的压迫也就解消了。这于我们是很好很有益的，虽然于假道学的传统未免要有点不利，但是此种学问在以伪善著称的西国发达，未见有何窒碍，所以在我们中庸的国民中间，能够多被接受本来是极应该的吧。弗来若的著作除《金枝》这一流的大部著书五部之外，还有若干种的单册及杂文集，他虽非文人而文章写得很好，这颇像安特路朗，对于我们非专门家而想读他的书的人是很大的一个便利。他有一册《普须该的工作》，是四篇讲义专讲迷信的，觉得很有意思，后来改名曰《魔鬼的辩护》，日本已有译本在岩波文库中，仍用他的原名，又其《金枝》节本亦已分册译出。弗来若夫人所编《金枝上的叶子》又是一册启蒙读本，读来可喜又复有益，我在《夜读抄》中写过一篇介绍，却终未能翻译，这于今也已是十年前事了。此外还有一位原籍芬兰而寄居英国的威思忒玛克教授，他的大著《道德观念起源发达史》两册，于我影响也很深。弗来若在《金枝》第二分"序言"中曾说明各民族的道德与法律均常在变动，不必说异地异族，就是同地同族的人，今昔异时，其道德观念与行为亦遂不同。威思忒玛克的书便是阐明这道德的流动的专著，使我们确实明了的知道了道德的真相，虽然因此不免打碎了些五色玻璃似的假道学的摆设，但是为生与生生而有的道德的本义则如一块水晶，总是明澈的看得清楚了。我写文章往往牵引到道德上去，这些书的影响可以说是原因之一部分，虽然其基本部分还是中国的与我自己的。威思忒玛克的专门巨著还有一部《人类婚姻史》，我所有的只是一册小史，又六便士丛书中有一种曰《结婚》，只是八十页的小册子，却很得要领。同丛书中也有哈理孙女士的一册《希腊罗马神话》，大抵即根据《希腊神话论》所改写者也。

九

我对于人类学稍有一点兴味，这原因并不是为学，大抵只是为人，而这人的事情也原是以文化之起源与发达为主。但是人在自然中的地位，如严几道古雅的译语所云化中人位，我们也是很想知道的，那么这条路略一拐湾便又一直引到进化论与生物学那边去了。关于生物学我完全只是乱翻书的程度，说得好一点也就是涉猎，据自己估价不过是受普通教育过的学生应有的知识，此外加上多少从杂览来的零碎资料而已。但是我对于这一方面的爱好，说起来原因很远，并非单纯的为了化中人位的问题而引起的。我在上文提及，以前也写过几篇文章讲到，我所喜欢的旧书中有一部分是关于自然名物的，如《毛诗草木疏》及《广要》《毛诗品物图考》《尔雅音图》及郝氏《义疏》，汪曰桢《湖雅》《本草纲目》《野菜谱》《花镜》《百廿虫吟》等。照时代来说，除《毛诗》《尔雅》诸图外最早看见的是《花镜》，距今已将五十年了，爱好之心却始终未变，在康熙原刊之外还买了一部日本翻本，至今也仍时时拿出来看。看《花镜》的趣味，既不为的种花，亦不足为作文的参考，在现今说与人听，是不容易领解，更不必说同感的了。因为最初有这种兴趣，后来所以牵连开去，应用在思想问题上面，否则即使为得要了解化中人位，生物学知识很是重要，却也觉得麻烦，懒得去动手了吧。外国方面认得怀德的博物学的通信集最早，就是世间熟知的所谓《色耳彭的自然史》，此书初次出板还在清乾隆五十四年，至今重印不绝，成为英国古典中唯一的一册博物书。但是近代的书自然更能供给我们新的知识，于目下的问题也更有关系，这里可以举出汤木孙与法勃耳二人来，因为他们于学问之外都能写得很好的文章，这于外行的读者是颇有益处的。汤木孙的英文书收了几种，法勃耳的《昆虫记》只有全集日译三种，英译分类本七八册而已。我在民国八年写过一篇《祖先崇拜》，其中曾云，我不信世上有一部经典，可以千百年来当人类的教训的，只有记载生物的生活现象的比阿洛支，才可供我们参考，定人类行为的标准。这也可以翻过来说，经典之可以作教训者，因其合于物理人情，即是由生物学通过之人生哲学，故可贵也。我们听法勃耳讲昆虫的本能之奇异，不禁感到惊奇，但亦由此可知焦理堂言生与生生之理，圣人不易，而人道最高的仁亦即从此出。再读汤木孙谈落叶的文章，每片树叶在将落之前，必先将所有糖分叶绿等贵重成分退还给树身，落在地上又经蚯蚓运入土中，化成植物性壤土，以供后代之用，在这自然的经济里可以看出别的意义,这便是树叶的忠荩,假如你要谈教训的话。《论语》里有"小子何莫学夫诗"一章,我很是喜欢,现在倒过来说,多识于鸟兽草木之名,可以兴,可以观,可以群,可以怨,迩之事父,远之事君,觉得也有新的意义,而且与事理也相合,不过事君或当读作尽力国事而已。说到这里话似乎有点硬化了,其实这只是推到极端去说,若是平常我也还只是当闲书看,派克洛夫忒所著的《动物之求婚》与《动物之幼年》二书,我也觉得很有意思,虽然并不一定要去寻求什么教训。

十

民国十六年春间我在一篇小文中曾说,我所想知道一点的都是关于野蛮人的事,一是古野蛮,二是小野蛮,三是文明的野蛮。一与三是属于文化人类学的,上文约略说及,这其二所谓小野蛮乃是儿童,因为照进化论讲来,人类的个体发生原来和系统发生的程序相同,胚胎时代经过生物进化的历程,儿童时代又经过文明发达的历程,所以幼稚这一段落正是人生之蛮荒时期,我们对于儿童学的有些兴趣这问题,差不多可以说是从人类学连续下来的。自然大人对于小儿本有天然的情爱,有时很是痛切,日本文中有儿烦恼一语,最有意味,《庄子》又说圣王用心,嘉孺子而哀妇人,可知无间高下人同此心,不过于这主观的慈爱之上又加以客观的了解,因而成立儿童学这一部门,乃是极后起的事,已在十九世纪的后半了。我在东京的时候得到高岛平三郎编《歌咏儿童的文学》及所著《儿童研究》,才对于这方面感到兴趣,其时儿童学在日本也刚开始发达，斯丹莱贺耳博士在西洋为斯学之祖师，所以后来参考的书多是英文的，塞来的《儿童时期之研究》虽已是古旧的书，我却很是珍重，至今还时常想起。以前的人对于儿童多不能正当理解，不是将他当作小形的成人，期望他少年老成，便将他看作不完全的小人，说小孩懂得什么，一笔抹杀，不去理他。现在才知道儿童在生理心理上虽然和大人有点不同，但他仍是完全的个人，有他自己内外两面的生活。这是我们从儿童学所得来的一点常识，假如要说救救孩子大概都应以此为出发点的，自己惭愧于经济政治等无甚知识，正如讲到妇女问题时一样，未敢多说，这里与我有关系的还只是儿童教育里一部分，即是童话与儿歌。在二十多年前我写过一篇《儿童的文学》，引用外国学者的主张，说儿童应该读文学的作品，不可单读那些商人们编撰的读本，念完了读本，虽然认识了字，却不会读书，因为没有读书的趣味。幼小的儿童不能懂名人的诗文，可以读童话，唱儿歌，此即是儿童的文学。正如在《小说之童年》中所说，传说故事是文化幼稚时期的小说，为古人所喜欢，为现时野蛮民族与乡下人所喜欢，因此也为小孩们所喜欢，是他们共通的文学，这是确实无疑的了。这样话又说了回来，回到当初所说的小野蛮的问题上面，本来是我所想要知道的事情，觉得去费点心稍为查考也是值得的。我在这里至多也只把小朋友比做红印度人，记得在贺耳派的论文中，有人说小孩害怕毛茸茸的东西和大眼睛，这是因为森林生活时恐怖之遗留，似乎说的新鲜可喜，又有人说，小孩爱弄水乃是水栖生活的遗习，却不知道究竟如何了。弗洛伊特的心理分析应用于儿童心理，颇有成就，曾读瑞士波都安所著书，有些地方觉得很有意义，说明希腊肿足王的神话最为确实，盖此神话向称难解，如依人类学派的方法亦未能解释清楚者也。

十一

性的心理，这于我益处很大，我平时提及总是不惜表示感谢的。从前在论自己的文章一文中曾云：

> 我的道德观恐怕还当说是儒家的，但左右的道与法两家也都有点掺合在内，外边又加了些现代科学常识，如生物学人类学以及性的心理，而这末一点在我更为重要。古人有面壁悟道的，或是看蛇斗蛙跳懂得写字的道理，我却从"妖精打架"上想出道德来，恐不免为傻大姐所窃笑吧。

本来中国的思想在这方面是健全的，如《礼记》上说，饮食男女，人之大欲存焉。又《庄子》设为尧舜问答，嘉孺子而哀妇人，为圣王之所用心，气象很是博大。但是后来文人堕落，渐益不成话，我曾武断的评定，只要看他关于女人或佛教的意见，如通顺无疵，才可以算作甄别及格，可是这是多么不容易呀。近四百年中也有过李贽王文禄俞正燮诸人，能说几句合于情理的话，却终不能为社会所容认，俞君生于近世，运气较好，不大挨骂，李越缦只嘲笑他说，颇好为妇人出脱，语皆偏谲，似谢夫人所谓出于周姥者。这种出于周姥似的意见实在却极是难得，荣启期生为男子身，但自以为幸耳，若能知哀妇人而为之代言，则已得圣王之心传，其贤当不下于周公矣。我辈生在现代的民国，得以自由接受性心理的新知识，好像是拿来一节新树枝接在原有思想的老干上去，希望能够使他强化，自然发达起来，这个前途辽远一时未可预知，但于我个人总是觉得颇受其益的。这主要的著作当然是蔼理斯的《性的心理研究》。此书第一册在一八九八年出板，至一九一〇年出第六册，算是全书完成了，一九二八年续刊第七册，仿佛是补遗的性质。一九三三年即民国二十二年，蔼理斯又刊行了一册简本《性的心理》，为现代思想的新方面丛书之一，其时著者盖已是七十四岁了。我学了英文，既不读莎士比亚，不见得有什么用处，但是可以读蔼理斯的原著，这时候我才觉得，当时在南京那几年洋文讲堂的功课可以算是并不白费了。《性的心理》给予我们许多事实与理论，这在别的性学大家如福勒耳，勃洛赫，鲍耶尔，凡特威耳特诸人的书里也可以得到，可是那从明净的观照出来的意见与论断，却不是别处所有，我所特别心服者就在于此。从前在《夜读抄》中曾经举例，叙说蔼理斯的意见，以为性欲的事情有些无论怎么异常以至可厌恶，都无责难或干涉的必要，除了两种情形以外，一是关系医学，一是关系法律的。这就是说，假如这异常的行为要损害他自己的健康，那么他需要医药或精神治疗的处置，其次假如这要损及对方的健康或权利，那么法律就应加以干涉。这种意见我觉得极有道理，既不保守，也不急进，据我看来还是很有点合于中庸的吧。说到中庸，那么这颇与中国接近，我真相信如中国保持本有之思想的健全性，则对于此类意思理解自至容易，就是我们现在也正还托这庇荫，希望思想不至于太乌烟瘴气化也。

十二

蔼理斯的思想我说他是中庸,这并非无稽,大抵可以说得过去,因为西洋也本有中庸思想,即在希腊,不过中庸称为有节,原意云康健心,反面为过度,原意云狂恣。蔼理斯的文章里多有这种表示,如《论圣芳济》中云,有人以禁欲或耽溺为其生活之唯一目的者,其人将在尚未生活之前早已死了。又云,生活之艺术,其方法只在于微妙地混和取与舍二者而已。《性的心理》第六册末尾有一篇跋文,最后的两节云:

> 我很明白有许多人对于我的评论意见不大能够接受,特别是在末册里所表示的。有些人将以我的意见为太保守,有些人以为太偏激。世上总常有人很热心的想攀住过去,也常有人热心的想攫得他们所想象的未来。但是明智的人站在二者之间,能同情于他们,却知道我们是永远在于过渡时代。在无论何时,现在只是一个交点,为过去与未来相遇之处,我们对于二者都不能有何怨怼。不能有世界而无传统,亦不能有生命而无活动。正如赫拉克莱多思在《现代哲学的初期》所说,我们不能在同一川流中入浴二次,虽然如我们在今日所知,川流仍是不息的回流着。没有一刻无新的晨光在地上,也没有一刻不见日没。最好是闲静的招呼那熹微的晨光,不必忙乱的奔上前去,也不要对于落日忘记感谢那曾为晨光之垂死的光明。

> 在道德的世界上,我们自己是那光明使者,那宇宙的历程即实现在我们身上。在一个短时间内,如我们愿意,我们可以用了光明去照我们路程的周围的黑暗。正如在古代火把竞

> 走——这在路克勒丢思看来似是一切生活的象征——里一样，我们手持火把，沿着道路奔向前去。不久就会有人从后面来，追上我们。我们所有的技巧便在怎样的将那光明固定的炬火递在他手内，那时我们自己就隐没到黑暗里去。

这两节话我顶喜欢，觉得是一种很好的人生观，现代丛书本的《新精神》卷首，即以此为题词，我时常引用，这回也是第三次了。蔼理斯的专门是医生，可是他又是思想家，此外又是文学批评家，在这方面也使我们不能忘记他的绩业。他于三十岁时刊行《新精神》，中间又有《断言》一集，《从卢梭到普鲁斯忒》出板时年已七十六，皆是文学思想论集，前后四十余年而精神如一，其中如论惠忒曼，加沙诺伐，圣芳济，《尼可拉先生》的著者勒帖夫诸文，独具见识，都不是在别人的书中所能见到的东西。我曾说，精密的研究或者也有人能做，但是那样宽广的眼光，深厚的思想，实在是极不易再得。事实上当然是因为有了这种精神，所以做得那性心理研究的工作，但我们也希望可以从性心理养成一点好的精神，虽然未免有点我田引水，却是诚意的愿望。由这里出发去着手于中国妇女问题，正是极好也极难的事，我们小乘的人无此力量，只能守开卷有益之训，暂以读书而明理为目的而已。

十三

关于医学我所有的只是平人的普通常识，但是对于医学史却是很有兴趣。医学史现有英文本八册，觉得胜家博士的最好，日本文三册，富士川著《日本医学史》是一部巨著，但是纲要似更为适用，便于阅览。医疗或是生物的本能，如犬猫之自舐其创是也，但其发展为活人之术，无论是用法术或方剂，总之是人类文化之一特色，虽然与梃刃同是发明，而意义迥殊，中国称蚩尤作五兵，而神农尝药辨性，为人皇，可以见矣。医学史上所记便多是这些仁人之用心，不过大小稍有不同，我翻阅二家小史，对于法国巴斯德与日本杉田玄白的事迹，常不禁感叹，我想假如人类要找一点足以自夸的文明证据，大约只可求之于这方面罢。我在《旧书回想记》里这样说过，已是四五年前的事，近日看伊略忒斯密士的《世界之初》，说创始耕种灌溉的人成为最初的王，在他死后便被尊崇为最初的神，还附有五千多年前的埃及石刻画，表示古圣王在开掘沟渠，又感觉很有意味。案神农氏在中国正是极好的例，他教民稼穑，又发明医药，农固应为神，古语云，不为良相，便为良医，可知医之尊，良相云者即是讳言王耳。我常想到巴斯德从啤酒的研究知道了霉菌的传染，这影响于人类福利者有多么大，单就外科伤科产科来说，因了消毒的施行，一年中要救助多少人命，以功德论，恐怕十九世纪的帝王将相中没有人可以及得他来。有一个时期我真想涉猎到霉菌学史去，因为受到相当大的感激，觉得这与人生及人道有极大的关系，可是终于怕得看不懂，所以没有决心这样做。但是这回却又伸展到反对方面去，对于妖术史发生了不少的关心。据茂来女士著《西欧的巫教》等书说，所谓妖术即是古代土著宗教之遗留，大抵与古希腊的地母祭相近，只是被后来基督教所压倒，变成秘密结社，被目为撒但之徒，痛加剿除，这就是中世有名的神圣审问，至十七世纪末才渐停止。这巫教的说明论理是属于文化人类学的，本来可以不必分别，不过我的注意不是在他本身，却在于被审问追迹这一段落，所以这里名称也就正称之曰妖术。那些念佛宿山的老太婆们原来未必有什么政见，一旦捉去拷问，供得荒唐颠倒，结果坐实她们会得骑扫帚飞行，和宗旨不正的学究同付火刑，真是冤枉的事。我记得中国杨恽以来的文字狱与孔融以来的思想狱，时感恐惧，因此对于西洋的神圣审问也感觉关切，而审问史关系神学问题为多，鄙性少信未能甚解，故转而截取妖术的一部分，了解较为容易。我的读书本来是很杂乱的，别的方面或者也还可以料得到，至于妖术恐怕说来有点鹘突，亦未可知，但在我却是很正经的一件事，也颇费心收罗资料，如散茂士的四大著，即是《妖术史》与《妖术地理》《僵尸》《人狼》，均是寒斋的珍本也。

十四

我的杂览从日本方面得来的也并不少。这大抵是关于日本的事情，至少也以日本为背景，这就是说很有点地方的色彩，与西洋的只是学问关系的稍有不同。有如民俗学本发源于西欧，涉猎神话传说研究与文化人类学的时候，便碰见好些交叉的处所，现在却又来提起日本的乡土研究，并不单因为二者学风稍殊之故，乃是别有理由的。《乡土研究》刊行的初期，如南方熊楠那些论文，古今内外的引证，本是旧民俗学的一路，柳田国男氏的主张逐渐确立，成为国民生活之史的研究，名称亦归结于民间传承。我们对于日本感觉兴味，想要了解他的事情，在文学艺术方面摸索很久之后，觉得事倍功半，必须着手于国民感情生活，才有入处，我以为宗教最是重要，急切不能直入，则先注意于其上下四旁，民间传承正是绝好的一条路径。我常觉得中国人民的感情与思想集中于鬼，日本则集中于神，故欲了解中国须得研究礼俗，了解日本须得研究宗教。柳田氏著书极富，虽然关于宗教者不多，但如《日本之祭事》一书，给我很多的益处，此外诸书亦均多可作参证。当《远野物语》出板的时候，我正寄寓在本乡，跑到发行所去要了一册，共总刊行三百五十部，我所有的是第二九一号。因为书面上略有墨痕，想要另换一本，书店的人说这是编号的，只能顺序出售，这件小事至今还记得清楚。这与《石神问答》都是明治庚戌年出板，在《乡土研究》创刊前三年，是柳田氏最早的著作，以前只有一册《后狩祠记》，终于没有能够搜得。对于乡土研究的学问我始终是外行，知道不到多少，但是柳田氏的学识与文章我很是钦佩，从他的许多著书里得到不少的利益与悦乐。与这同样情形的还有日本的民艺运动与柳宗悦氏。柳氏本系《白桦》同人，最初所写的多是关于宗教的文章，大部分收集在《宗教与其本质》一册书内。我本来不大懂宗教的，但柳氏诸文大抵读过，这不但因为意思诚实，文章朴茂，实在也由于所讲的是神秘道即神秘主义，合中世纪基督教与佛道各分子而贯通之，所以虽然是槛外也觉得不无兴味。柳氏又著有《朝鲜与其艺术》一书，其后有集名曰《信与美》，则收辑关于宗教与艺术的论文之合集也。民艺运动约开始于二十年前，在《什器之美》论集与柳氏著《工艺之道》中意思说得最明白，大概与摩理斯的拉飞耳前派主张相似，求美于日常用具，集团的工艺之中，其虔敬的态度前后一致，信与美一语洵足以包括柳氏学问与事业之全貌矣。

民艺博物馆于数年前成立，惜未及一观，但得见图录等，已足令人神怡。柳氏著《初期大津绘》，浅井巧著《朝鲜之食案》，为"民艺丛书"之一，浅井氏又有《朝鲜陶器名汇》，均为寒斋所珍藏之书。又柳氏近著《和纸之美》，中附样本二十二种，阅之使人对于佳纸增贪惜之念。寿岳文章调查手漉纸工业，得其数种著书，近刊行其《纸漉村旅日记》，则附有样本百三十四，照相百九十九，可谓大观矣。式场隆三郎为精神病院长，而经管民艺博物馆与《民艺月刊》，著书数种，最近得其《大阪随笔：民艺与生活》之私家板，只印百部，和纸印刷，有芹泽銈介作插画百五十，以染绘法作成后制板，再一一着色，觉得比本文更耐看。中国的道学家听之恐要说是玩物丧志，唯在鄙人则固唯有感激也。

十五

我平常有点喜欢地理类的杂地志这一流的书，假如是我比较的住过好久的地方，自然特别注意，例如绍兴，北京，东京虽是外国，也算是其一。对于东京与明治时代我仿佛颇有情分，因此略想知道他的人情物色，延长一点便进到江户与德川幕府时代，不过上边的战国时代未免稍远，那也就够不到了。最能谈讲维新前后的事情的要推三田村鸢鱼，但是我更喜欢马场孤蝶的《明治之东京》，只可惜他写的不很多。看图画自然更有意思，最有艺术及学问的意味的有户冢正幸即东东亭主人所编的《江户之今昔》，福原信三编的《武藏野风物》。前者有图板百零八枚，大抵为旧东京府下今昔史迹，其中又收有民间用具六十余点，则兼涉及民艺，后者为日本写真会会员所合作，以摄取渐将亡失之武藏野及乡土之风物为课题，共收得照相千点以上，就中选择编印成集，共一四四枚，有柳田氏序。描写武藏野一带者，国木田独步德富芦花以后人很不少，我觉得最有意思的却是永井荷风的《日和下驮》，曾经读过好几遍，翻看这些写真集时又总不禁想起书里的话来。再往前去这种资料当然是德川时代的浮世绘，小岛乌水的《浮世绘与风景画》已有专书，广重有《东海道五十三次》，北斋有《富岳三十六景》等，几乎世界闻名，我们看看复刻本也就够有趣味，因为这不但画出风景，又是特殊的彩色木板画，与中国的很不相同。但是浮世绘的重要特色不在风景，乃是在于市井风俗，这一面也是我们所要看的。背景是市井，人物却多是女人，除了一部分画优伶面貌的以外，而女人又多以妓女为主，因此讲起浮世绘便总容易牵连到吉原游廓，事实上这二者确有极密切的关系。画面很是富丽，色彩也很艳美，可是这里边常有一抹暗影，或者可以说是东洋色，读中国的艺与文，以至于道也总有此感，在这画上自然也更明了。永井荷风著《江户艺术论》第一章中曾云：

> 我反省自己是什么呢？我非威耳哈伦（Verhaeren）似的比利时人而是日本人也，生来就和他们的运命及境遇迥异的东洋人也。恋爱的至情不必说了，凡对于异性之性欲的感觉悉视为最大的罪恶，我辈即奉戴此法制者也。承受胜不过啼哭的小孩和地主的教训之人类也，知道说话则唇寒的国民也。使威耳哈伦感奋的那滴着鲜血的肥羊肉与芳醇的葡萄酒与强壮的妇女之绘画，都于我有什么用呢。呜呼，我爱浮世绘。苦海十年为

> 亲卖身的游女的绘姿使我泣。凭倚竹窗茫然看着流水的艺妓的姿态使我喜。卖宵夜面的纸灯寂寞地停留着的河边的夜景使我醉。雨夜啼月的杜鹃，阵雨中散落的秋天树叶，落花飘风的钟声，途中日暮的山路的雪，凡是无常，无告，无望的，使人无端嗟叹此世只是一梦的，这样的一切东西，于我都是可亲，于我都是可怀。

这一节话我引用过恐怕不止三次了。我们因为是外国人，感想未必完全与永井氏相同，但一样有的是东洋人的悲哀，所以于当作风俗画看之外，也常引起怅然之感，古人闻清歌而唤奈何，岂亦是此意耶。

十六

浮世绘如称为风俗画，那么川柳或者可以称为风俗诗吧。说也奇怪，讲浮世绘的人后来很是不少了，但是我最初认识浮世绘乃是由于宫武外骨的杂志《此花》，也因了他而引起对于川柳的兴趣来的。外骨是明治大正时代著述界的一位奇人，发刊过许多定期或单行本，而多与官僚政治及假道学相抵触，被禁至三十余次之多。其刊物皆铅字和纸，木刻插图，涉及的范围颇广，其中如《笔祸史》《私刑类纂》《赌博史》《猥亵风俗史》等，《笑的女人》一名《卖春妇异名集》《川柳语汇》，都很别致，也甚有意义。《此花》是专门与其说研究不如说介绍浮世绘的月刊，继续出了两年，又编刻了好些画集，其后同样的介绍川柳，杂志名曰《变态知识》，若前出《语汇》乃是入门之书，后来也还没有更好的出现。川柳是只用十七字音做成的讽刺诗，上者体察物理人情，直写出来，令人看了破颜一笑，有时或者还感到淡淡的哀愁，此所谓有情滑稽，最是高品，其次找出人生的缺陷，如绣花针噗哧的一下，叫声好痛，却也不至于刺出血来。这种诗读了很有意思，不过正与笑话相像，以人情风俗为材料，要理解他非先知道这些不可，不是很容易的事。川柳的名家以及史家选家都不济事，还是考证家要紧，特别是关于前时代的古句，这与江户生活的研究是不可分离的。这方面有西原柳雨，给我们写了些参考书，大正丙辰年与佐佐醒雪共著的《川柳吉原志》出得最早，十年后改出补订本，此外还有几种类书，只可惜《川柳风俗志》出了上卷，没有能做得完全。我在东京只有一回同了妻和亲戚家的夫妇到吉原去看过夜樱，但是关于那里的习俗事情却知道得不少，这便都是从西原及其他书本上得来的。这些知识本来也很有用，在江户的平民文学里所谓花魁是常在的，不知道她也总得远远的认识才行。即如民间娱乐的落语，最初是几句话可以说了的笑话，后来渐渐拉长，明治以来在寄席即杂耍场所演的，大约要花上十来分钟了吧，他的材料固不限定，却也是说游里者为多。森鸥外在一篇小说中曾叙述说落语的情形云："第二个说话人交替着出来，先谦逊道，人是换了却也换不出好处来。又作破题云，官客们的消遣就是玩玩窑姐儿。随后接着讲工人带了一个不知世故的男子到吉原去玩的故事。这实在可以说是吉原入门的讲义。"语虽诙谐，却亦是实情，正如中国笑话原亦有腐流殊禀等门类，而终以属于闺风世讳者为多，唯因无特定游里，故不显著耳。江户文学中有滑稽本，也为我所喜欢，一九的《东海道中膝栗毛》，三马的《浮世风吕》与《浮世床》可为代表，这是一种滑稽小说，为中国所未有。前者借了两个旅人写他们路上的遭遇，重在特殊的事件，或者还不很难，后者写澡堂理发铺里往来的客人的言动，把寻常人的平凡事写出来，都变成一场小喜剧，觉得更有意思。中国在文学与生活上都缺少滑稽分子，不是健康的征候，或者这是伪道学所种下的病根欤。

十七

我不懂戏剧，但是也常涉猎戏剧史。正如我翻阅希腊悲剧的起源与发展的史料，得到好些知识，看了日本戏曲发达的径路也很感兴趣，这方面有两个人的书于我很有益处，这是佐佐醒雪与高野斑山。高野讲演剧的书更后出，但是我最受影响的还是佐佐的一册《近世国文学史》。佐佐氏于明治三十二年戊戌刊行《鹑衣评释》，庚子刊行《近松评释天之网岛》，辛亥出《国文学史》，那时我正在东京，即得一读，其中有两章略述歌舞伎与净琉璃二者发达之迹，很是简单明了，至今未尽忘记。也有的俳文集《鹑衣》固所喜欢，近松的世话净琉璃也想知道。这《评释》就成为顶好的入门书，事实上我好好的细读过的也只是这册《天之网岛》，读后一直留下很深的印象。这类曲本大都以情死为题材，日本称曰心中，《泽泻集》中曾有一文论之。在《怀东京》中说过，俗曲里礼赞恋爱与死，处处显出人情与义理的冲突，偶然听唱义太夫，便会遇见纸治，这就是《天之网岛》的俗名，因为里边的主人公是纸店的治兵卫与妓女小春。日本的平民艺术仿佛善于用优美的形式包藏深切的悲苦，这似是与中国很不同的一点。佐佐又著有《俗曲评释》，自江户长呗以至端呗共五册，皆是抒情的歌曲，与叙事的有殊，乃与民谣相连接。高野编刊《俚谣集拾遗》时号斑山，后乃用本名辰之，其专门事业在于歌谣，著有《日本歌谣史》，编辑《歌谣集成》共十二册，皆是大部巨著。此外有汤朝竹山人，关于小呗亦多著述，寒斋所收有十五种，虽差少书卷气，但亦可谓勤劳矣。民国十年时曾译出俗歌六十首，大都是写游女荡妇之哀怨者，如木下杢太郎所云，耽想那卑俗的但是充满眼泪的江户平民艺术以为乐，此情三十年来盖如一日，今日重读仍多所感触。歌谣中有一部分为儿童歌，别有天真烂漫之趣，至为可喜，唯较好的总集尚不多见，案头只有村尾节三编的一册童谣，尚是大正己未年刊也。与童谣相关连者别有玩具，也是我所喜欢的，但是我并未搜集实物，虽然遇见时也买几个，所以平常翻看的也还是图录以及年代与地方的纪录。在这方面最努力的是有阪与太郎，近二十年中刊行好些图录，所著有《日本玩具史》前后编，《乡土玩具大成》与《乡土玩具展望》，只可惜《大成》出了一卷，《展望》下卷也还未出板。所刊书中有一册《江都二色》，每叶画玩具二种，题谐诗一首咏之，木刻着色，原本刊于安永癸巳，即清乾隆三十八年。我曾感叹说，那时在中国正是大开四库馆，删改皇侃《论语疏》，日本却是江户平民文学的烂熟期，浮世绘与狂歌发达到极顶，乃迸发而成此一卷《玩具图咏》，至可珍重。现代画家以玩具画著名者亦不少，画集率用木刻或玻璃板，稍有搜集，如清水晴风之《垂髫之友》，川崎巨泉之《玩具画谱》，各十集，西泽笛亩之《雏十种》等。西泽自号比那舍主人，亦作玩具杂画，以雏与人形为其专门，因故赤间君的介绍，曾得其寄赠大著《日本人形集成》及《人形大类聚》，深以为感。又得到菅野新一编《藏王东之木孩儿》，木板画十二枚，解说一册，菊枫会编《古计志加加美》，则为菅野氏所寄赠，均是讲日本东北地方的一种木制人形的。《古计志加加美》改写汉字为《小芥子鉴》，以玻璃板列举工人百八十四名所作木偶三百三十余枚，可谓大观。此木偶名为小芥子，而实则长五寸至一尺，旋圆棒为身，上着头，画为垂发小女，着简单彩色，质朴可喜，一称为木孩儿。菅野氏著系非卖品，《加加美》则只刊行三百部，故皆可纪念也。三年前承在北京之国府氏以古计志二躯见赠，曾写谐诗报之云，芥子人形亦妙哉，出身应自埴轮来，小孙望见嘻嘻笑，何处娃娃似棒槌。依照《江都二色》的例，以狂诗题玩具，似亦未为不周当，只是草草恐不能相称为愧耳。

十八

我的杂学如上边所记，有大部分是从外国得来的，以英文与日本文为媒介，这里分析起来，大抵从西洋来的属于知的方面，从日本来的属于情的方面为多，对于我却是一样的有益处。我学英文当初为的是须得读学堂的教本，本来是敲门砖，后来离开了江南水师，便没有什么用了，姑且算作中学常识之一部分，有时利用了来看点书，得些现代的知识也好，也还是砖的作用，终于未曾走到英文学门里去，这个我不怎么懊悔，因为自己的力量只有这一点，要想入门是不够的。日本文比英文更不曾好好的学过，老实说除了丙午丁未之际,在骏河台的留学生会馆里,跟了菊池勉先生听过半年课之外,便是懒惰的时候居多,只因住在东京的关系,耳濡目染的慢慢的记得,其来源大抵是家庭的说话,看小说看报,听说书与笑话,没有讲堂的严格的训练,但是后面有社会的背景,所以还似乎比较容易学习。这样学了来的言语,有如一棵草花,即使是石竹花也罢,是有根的盆栽,与插瓶的大朵大理菊不同,其用处也就不大一样。我看日本文的书,并不专是为得通过了这文字去抓住其中的知识,乃是因为对于此事物感觉有点兴趣,连文字来赏味,有时这文字亦为其佳味之一分子,不很可以分离,虽然我们对于外国语想这样辨别,有点近于妄也不容易,但这总也是事实。我的关于日本的杂览既多以情趣为本,自然态度与求知识稍有殊异,文字或者仍是敲门的一块砖,不过对于砖也会得看看花纹式样,不见得用了立即扔在一旁。我深感到日本文之不好译,这未必是客观的事实,只是由我个人的经验,或者因为比较英文多少知道一分的缘故,往往觉得字义与语气在微细之处很难两面合得恰好。大概可以当作一个证明。明治大正时代的日本文学,曾读过些小说与随笔,至今还有好些作品仍是喜欢,有时也拿出来看,如以杂志名代表派别,大抵有《保登登岐须》《昴》《三田文学》《新思潮》《白桦》诸种,其中作家多可佩服,今亦不复列举,因生存者尚多,暂且谨慎。此外的外国语,还曾学过古希腊文与世界语。我最初学习希腊文,目的在于改译《新约》至少也是四福音书为古文,与佛经庶可相比,及至回国以后却又觉得那官话译本已经够好了,用不着重译,计画于是归于停顿。过了好些年之后,才把海罗达思的拟曲译出,附加几篇牧歌,在上海出板,可惜板式不佳,细字长行大页,很不成样子。极想翻译欧利比台斯的悲剧《忒洛亚的女人们》,踌躇未敢下手,于民国廿六七年间译亚坡罗陀洛斯的神话集,本文幸已完成,写注释才成两章,搁笔的次日即是廿八年的元日,工作一顿挫就延到现今,未能续写下去,但是这总是极有意义的事,还想设法把他做完。世界语是我自修得来的,原是一册用英文讲解的书,我在暑假中卧读消遣,一连两年没有读完,均归无用,至第三年乃决心把这五十课一气学习完毕,以后借了字典的帮助渐渐的看起书来。那时世界语原书很不易得,只知道在巴黎有书店发行,恰巧蔡子民先生行遁欧洲,便写信去托他代买,大概寄来了有七八种,其中有《世界语文选》与《波兰小说选集》至今还收藏着,民国十年在西山养病的时候,曾从这里边译出几篇波兰的短篇小说,可以作为那时困学的纪念。世界语的理想是很好的,至于能否实现则未可知,反正事情之成败与理想之好坏是不一定有什么关系的。我对于世界语的批评是这太以欧语为基本,不过这如替柴孟和甫设想也是无可如何的,其缺点只是在没有学过一点欧语的中国人还是不大容易学会而已。我的杂学原来不足为法,有老友曾批评说是横通,但是我想劝现代的青年朋友,有机会多学点外国文,我相信这当是有益无损的。俗语云,开一头门,多一些风。这本来是劝人谨慎的话,但是借了来说,学一种外国语有如多开一面门窗,可以放进风日,也可以眺望景色,别的不说,总也是很有意思的事吧。

十九

我的杂学里边最普通的一部分，大概要算是佛经了吧。但是在这里正如在汉文方面一样，也不是正宗的，这样便与许多读佛经的人走的不是一条路了。四十年前在南京时，曾经叩过杨仁山居士之门，承蒙传谕可修净土，虽然我读了《阿弥陀经》各种译本，觉得安养乐土的描写很有意思，又对于先到净土再行修道的本意，仿佛是希求住在租界里好用功一样，也很能了解，可是没有兴趣这样去做。禅宗的语录看了很有趣，实在还是不懂，至于参证的本意，如书上所记俗僧问溪水深浅，被从桥上推入水中，也能了解而且很是佩服，然而自己还没有跳下去的意思，单看语录有似意存稗贩，未免惭愧，所以这一类书虽是买了些，都搁在书架上。佛教的高深的学理那一方面，看去都是属于心理学玄学范围的，读了未必能懂，因此法相宗等均未敢问津。这样计算起来，几条大道都不走，就进不到佛教里去，我只是把佛经当作书来看，而且这汉文的书，所得的自然也只在文章及思想这两点上而已。《四十二章经》与《佛遗教经》仿佛子书文笔，就是儒者也多喜称道，两晋六朝的译本多有文情俱胜者，什法师最有名，那种骈散合用的文体当然因新的需要而兴起，但能恰好的利用旧文字的能力去表出新意思，实在是很有意义的一种成就。这固然是翻译史上的一段光辉，可是在国文学史上意义也很不小，六朝之散文著作与佛经很有一种因缘，交互的作用，值得有人来加以疏通证明，于汉文学的前途也有极大的关系。十多年前我在北京大学讲过几年六朝散文，后来想添讲佛经这一部分，由学校规定名称曰"佛典文学"，课程纲要已经拟好送去了，七月发生

了"卢沟桥之变",事遂中止。课程纲要稿尚存在,重录于此:

> 六朝时佛经翻译极盛,文亦多佳胜。汉末译文模仿诸子,别无多大新意思,唐代又以求信故,质胜于文。唯六朝所译能运用当时文词,加以变化,于普通骈散文外造出一种新体制,其影响于后来文章者亦非浅鲜。今拟选取数种,少少讲读,注意于译经之文学的价值,亦并可作古代翻译文学看也。

至于从这面看出来的思想,当然是佛教精神,不过如上文说过,这不是甚深义谛,实在是印度古圣贤对于人生特别是近于入世法的一种广大厚重的态度,根本与儒家相通而更为彻底,这大概因为他有那中国所缺少的宗教性。我在二十岁前后读《大乘起信论》无有所得,但是见了《菩萨投身饲饿虎经》,这里边的美而伟大的精神与文章至今还时时记起,使我感到感激,我想大禹与墨子也可以说具有这种精神,只是在中国这情热还只以对人间为限耳。又《布施度无极经》云:

> 众生扰扰,其苦无量,吾当为地。为旱作润,为湿作筏。饥食渴浆,寒衣热凉。为病作医,为冥作光。若在浊世颠到之时,吾当于中作佛,度彼众生矣。

这一节话我也很是喜欢,本来就只是众生无边誓愿度的意思,却说得那么好,说理与美和合在一起,是很难得之作。经论之外我还读过好些戒律,有大乘的也有小乘的,虽然原来小乘律注明在家人勿看,我未能遵守,违了戒看戒律,这也是颇有意思的事。我读《梵网经菩萨戒本》及其他,很受感动,特别是《贤首戒疏》,是我所最喜读的书。尝举食肉戒中语,一切众生肉不得食,夫食肉者断大慈悲佛性种子，一切众生见而舍去，是故一切菩萨不得食一切众生肉，食肉得无量罪。加以说明云，我读《旧约·利未记》，再看大小乘律，觉得其中所说的话要合理得多，而上边食肉戒的措辞我尤为喜欢，实在明智通达，古今莫及。又盗戒下注疏云：

  善见云，盗空中鸟，左翅至右翅，尾至颠，上下亦尔，俱得重罪。准此戒，纵无主，鸟身自为主，盗皆重也。

鸟身自为主，这句话的精神何等博大深厚，我曾屡次致其赞叹之意，贤首是中国僧人，此亦是足强人意的事。我不敢妄劝青年人看佛书，若是三十岁以上，国文有根柢，常识具足的人，适宜的阅读，当能得些好处，此则鄙人可以明白回答者也。

二十

  我写这篇文章本来全是出于偶然。从《儒林外史》里看到杂览杂学的名称，觉得很好玩，起手写了那首小引，随后又加添三节，作为第一分，在杂志上发表了。可是自己没有什么兴趣，不想再写下去了，然而既已发表，被催着要续稿，又不好不写，勉强执笔，有如秀才应岁考似的，把肚里所有的几百字凑起来缴卷，也就可以应付过去了罢。这真是成了鸡肋，弃之并不可惜，食之无味那是毫无问题的。这些杂乱的事情，要怎样安排得有次序，叙述得详略适中，固然不大容易，而且写的时候没有兴趣，所以更写不好，更是枯燥，草率。我最怕这成为自画自赞。骂犹自可，赞不得当乃尤不好过，何况自赞乎。因为竭力想避免这个，所以有些地方觉得写的不免太简略，这也是无可如何的事，但或者比多话还好一点亦未可知。总结起来看过一遍，把我杂览的大概简略的说了，还没有什么自己夸赞的地方，要说句好话，只能批八个字云，国文粗通，常识略具而已。我从古今中外各方面都受到各样影响，分析起来，大旨如上边说过，在知与情两面分别承受西洋与日本的影响为多，意的方面则纯是中国的，不但未受外来感化而发生变动，还一直以此为标准，去酌量容纳异国的影响。这个我向来称之曰儒家精神，虽然似乎有点笼统，与汉以后尤其是宋以后的儒教显有不同，但为得表示中国人所有的以生之意志为根本的那种人生观，利用这个名称殆无不可。我想神农大禹的传说就从这里发生，积极方面有墨子与商韩两路，消极方面有庄杨一路，孔孟站在中间，想要适宜的进行，这平凡而难实现的理想我觉得很有意思，以前屡次自号儒家者即由于此。佛教以异域宗教而能于中国思想上占很大的势力，固然自有其许多原因，如好谈玄的时代与道书同尊，讲理学的时候给儒生作参考，但是其大乘的思想之入世的精神与儒家相似，而且更为深彻，这原因恐怕要算是最大的吧。这个主意既是确定的，外边加上去的东西自然就只在附属的地位，使他更强化与高深化，却未必能变化其方向。我自己觉得便是这么一个顽固的人，我的杂学的大部分实在都是我随身的附属品，有如手表眼镜及草帽，或是吃下去的滋养品如牛奶糖之类，有这些帮助使我更舒服与健全，却并不曾把我变成高鼻深目以至有牛的气味。我也知道偏爱儒家中庸是由于癖好，这里又缺少一点热与动，也承认是美中不足。儒家不曾说"怎么办"，像犹太人和斯拉夫人那样，便是证据。我看各民族古圣的画像也觉得很有意味，犹太的眼向着上是在祈祷，印度的伸手待接引众生，中国则常是叉手或拱着手。我说儒家总是从大禹讲起，即因为他实行道义之事功化，是实现儒家理想的人。近来我曾说，中国现今紧要的事有两件，一是伦理之自然化，二是道义之事功化。前者是根据现代人类的知识调整中国固有的思想，后者是实践自己所有的理想适应中国现在的需要，都是必要的事。此即是我杂学之归结点，以前种种说话，无论怎么的直说曲说，正说反说，归根结底的意见还只在此，就只是表现得不充足，恐怕读者一时抓不住要领，所以在这里赘说一句。我平常不喜欢拉长了面孔说话，这回无端写了两万多字，正经也就枯燥，仿佛招供似的文章，自己觉得不但不满而且也无谓。这样一个思想径路的简略地图，我想只足供给要攻击我的人，知悉我的据点所在，用作进攻的参考与准备，若是对于我的友人这大概是没有什么用处的。写到这里，我忽然想到，这篇文章的题目应该题作"愚人的自白"才好，只可惜前文已经发表，来不及再改正了。

编后记

"周作人生活美学系列图书"包括周作人先生《我这有限的一生》《日常生活颂歌》《都是可怜的人间》三本著作以及《枕草子》《从前的我也很可爱啊》两本译作。此次出版，我们参照了目前流行的各种版本，查漏补缺，校正讹误。重新厘出"人生""生活"兼及周作人"旁观其他"的杂文主题，并重新拟定前述书名。这套书只是从文学角度来阅读周作人，不代表任何其他立场。请知悉。

在编辑《我这有限的一生》一书过程中，考虑到作者生活所处年代，文章的标点、句式的用法、一些常用词汇等难免与现在的规范有所不同，为保持原著风貌，本版未做改动。如"招集"应为"召集"，"搭赸"即为"搭汕"，"给与"即为"给予"，"根柢"即为"根底"，"出板"即为"出版"，"计画"即为"计划"，"坐位"即为"座位"，"耽阁"即为"耽搁"，"大雅梨"即为"大鸭梨"，等等。并且，在当时的语言环境中，"的""地""得"不分，"须"与"需"混用，与"做""作"混用现象也是平常的。因作者写作时间的不同，也会出现同一词汇、同一专有名词有多种写法的情况，如勃兰特思、勃阑兑思与勃阑特思，便当与辨当，勃阑地与白兰地，等等。书中的一些译文也与现在一般通用的有所不同，如《天方夜谈》，现今为《天方夜谭》，"莫泊三"即"莫泊桑"，"匈加利"即"匈牙利"，等等。为尊重作者语言写作习惯，本书均未做改动，请读者在阅读过程中，根据文意加以辨别区分。

编书如扫落叶，难免有错讹疏漏，盼指正。

图书在版编目（CIP）数据

我这有限的一生 / 周作人著. — 北京：北京时代华文书局，2018.8（2023.5重印）
ISBN 978-7-5699-2297-4

Ⅰ.①我… Ⅱ.①周… Ⅲ.①散文集－中国－现代 Ⅳ.①I266

中国版本图书馆CIP数据核字（2018）第042523号

我这有限的一生
WO ZHE YOUXIAN DE YISHENG

著　　者	周作人
出 版 人	陈　涛
图书监制	陈丽杰工作室
选题策划	陈丽杰
责任编辑	陈丽杰　袁思远
封面设计	熊　琼　云中 Design Workshop
内文设计	赵芝英
责任印制	訾　敬
出版发行	北京时代华文书局 http://www.bjsdsj.com.cn
	北京市东城区安定门外大街138号皇城国际大厦A座8楼
	邮编：100011　电话：010-64267955　64267677
印　　刷	三河市兴博印务有限公司　0316-5166530
	（如发现印装质量问题，请与印刷厂联系调换）
开　　本	880mm×1230mm　1/32　印　张｜7　字　数｜150千字
版　　次	2019年3月第1版　印　次｜2023年5月第2次印刷
书　　号	ISBN 978-7-5699-2297-4
定　　价	49.00元

版权所有，侵权必究